I0720177

www.ingramcontent.com/pod-product-compliance
Lightning Source LLC
Chambersburg PA
CBHW021719190726
48289CB00008B/2596

خطاب به هنرمند محبوبم

دریـا محمــدی

سریال کتاب: **P2345510144**

عنوان: خطاب به هنرمند محبوبم

نویسنده: دریا محمدی

طراح جلد: مهرنیا نوری

ویراستار: پردیس عریضی

شابک: **978-1-77892-028-8 :ISBN**

موضوع: رمان — درام - روانشناسی

مشخصات کتاب: صحافی مقوایی

تعداد صفحات: ۱۲۴

تاریخ نشر در کانادا: ستامبر ۲۰۲۳

هر گونه کپی و استفاده غیر قانونی شامل پیگرد قانونی است.

تمامی حقوق چاپ و انتشار در خارج از کشور ایران محفوظ و متعلق به انتشارات می‌باشد.

Copyright @ 2023 by Kidsocado Publishing House

All Rights Reserved

Kidsocado Publishing House

خانه انتشارات کیدزوکادو

ونکوور، کانادا

تلفن: +1 (833) 633 8654

واتس آپ: +1 (236) 333 7248

ایمیل: INFO@KIDSOCADO.COM

وبسایت انتشارات: HTTPS://KIDSOCADOPUBLISHINGHOUSE.COM

وبسایت فروشگاه: HTTPS://KPHCLUB.COM

قوی سیاه فرهنگ ایران

آیا تا کنون یک قوی سیاه دیده‌اید؟

آیا شما هم باور دارید که تنها قوی سفید وجود دارد؟ باور به وجود قوی سیاه شاید دور از ذهن باشد؟ شاید هنوز یک قوی سیاه به چشم ندیده‌اید؟ قبل از کشف استرالیا هیچ‌کس نمی‌دانست که قوی سیاه وجود دارد و همه خیال می‌کردند‌که امکان‌پذیر نیست اما زمان کشف استرالیا قوی سیاه که قویی بسیار زیبا و کمیاب بود دیده شد. و بسیاری از مردم باور کردند که قوی سیاه نیز وجود دارد.

و ما، یعنی خانه انتشارات کیدزوکادو، قوی سیاه را در فرهنگ ایران بوجود آوردیم. قوی سیاهی که امکان وجود و باورش سخت بود.

هم‌زبانان ما نیز شاید از وجود یک انتشارات رسمی خارج از ایران که این امکان را به پدیدآورندگان یک اثر فرهنگی برای انتشار اثرشان در سراسر دنیا بدهد و همچنین دسترسی به کتاب فارسی را به علاقمندان کتاب در سراسر دنیا آسان کند، خبر نداشتند و انتشار و تهیه کتاب فارسی از یک بستر جامع مانند قوی سیاه غیر ممکن به نظر می‌رسید.

افتخار داریم که سهم کوچکی در گسترش فرهنگ غنی‌مان داریم و امکان انتشار آثار به فارسی و هر زبان دیگری را برای اولین بار برای نویسندگان فارسی‌زبان میسر کردیم. امکان جهانی‌شدن پیام‌شان و رسیدن صدای‌شان به دنیا را...

و اما برای ما غربت‌نشینان، سفارش کتاب فارسی از **آمازون** و یا هر وبسایت کتاب‌فروشی و دریافت‌اش درب خانه، لحظه گشودن آن بسته، بوی کتاب و ارتباط با زبان مادری بسان دیدن قوی سیاه شگفت انگیز است.

در رسالت ما یعنی، در دسترس گذاشتن سریع و آسان، آثار و فرهنگ غنی ایران و معرفی نویسندگان ایرانی به فرزندان ایران، به کتاب دوستان ایرانی و به تمام دنیا، همراه ما باشید.

Read the words feel the world.   **بخوانید تا دنیا را احساس کنید.**

خانه انتشارات کیدزوکادو

قوی سیاه برگرفته از کتاب قوی سیاه نوشته نسیم طالب

فهرست

تقدیم به انسان‌های معناگرا...

چند کلام با مخاطب:

سال‌ها پیش زمانی‌که نوجوانی دوازده ساله بودم ایده‌ی نوشتن یک رمان به نام «در جست‌وجوی فرشته‌ی گم‌شده‌ام» به ذهنم خطور کرده بود، اما پس از گذشت چند هفته، از ادامه‌ی نوشتن پشیمان شدم؛ چون احساس می‌کردم برای نوشتن یک کتاب خوب و تأثیرگذار هنوز خیلی راه‌ها را طی نکرده‌ام که البته کاملاً درست فکر می‌کردم.

شش‌سال بعد، در اوایل هجده‌سالگی دوست داشتم تمرینات نویسندگی‌ام را که شامل نامه‌هایی عاشقانه به معشوقی خیالی بود به صورت یک کتاب دربیاورم، اما آن سال از نظر ذهنی و روحی به شدت آشفته بودم و به خاطر کنکورم مجبور بودم همه چیز را رها کنم و تمرکزم را روی درسم معطوف کنم؛ بنابراین باز هم نتوانستم ایده‌ام را عملی کنم.

این‌ها را گفتم تا برسم به بهار سال گذشته، زمانی که اکثر کلاس‌ها و مراکز به دلیل اپیدمی ویروس کرونا تعطیل شده و قرنطینه‌های خانگی آغاز شده بود. آن‌روزها از اخبار مرگ و بیماری به شدت دچار هراس و نگرانی شده بودم. عمیقاً دلتنگ بودم؛ دلتنگ اقوام و دوستانم، پیاده‌روی در مسیر دانشگاه، کافه‌گردی‌های بعد از کلاس، کنسرت‌های خوانندگان محبوبم، دیدن فیلم‌های

جدید سینما، آغوش‌های بی‌اضطراب و دیدارهای بدون ماسک. احساس می‌کردم در تاریکی مطلق فرو رفته‌ام. انگار که معنای زندگی‌ام را گم کرده باشم. اما یک‌روز که در فضای مجازی پست‌های دوستانم را نگاه می‌کردم با صفحه‌ی یک راهبر معنوی آشنا شدم. اولین صحبت‌هایی که از استاد «فراز قورچیان» عزیز شنیدم این جمله‌ها بود:

«هر اتفاقی که توی زندگیتون رخ داد از خودتون بپرسید که این اتفاق هرچند ناگوار، قراره چه کمکی به رشد من بکنه؟ می‌خواد چه درسی به من یاد بده؟! باور کنید همه‌ی زخم‌های شما معنایی داره. فقط کافیه در تاریکی شروع کنید به قدم برداشتن.»

حرف‌های ایشان تلنگری بود تا مرا دوباره به سوی جریان زندگی هدایت کند. از همان روز برنامه‌ای تازه‌ای برای سبک زندگی جدیدم تنظیم کردم. شروع کردم به خواندن کتاب‌هایی که همیشه دوست داشتم بخوانمشان. از نویسندگان بزرگی مثل اروین یالوم[۱]، وین دایر[۲]، مارک منسن[۳]، ویکتور فرانکل[۴]، هلن فیشر[۵] و سوزان اندرسون[۶] بسیار آموختم و عشق را در کتاب‌هایشان به وضوح دیدم.

با اساتید خوب به صورت آنلاین کلاس برداشتم و به تمرینات موسیقی‌ام ادامه دادم و درس‌هایم را با جدیت بیشتری خواندم و واحدهایم را با نمرات بالا پاس کردم. ایده‌ی نوشتن کتاب بار دیگر بر پرده‌ی ذهنم نقش بست؛ اما این‌بار پخته‌تر از قبل. علاوه بر موسیقی و شعر، به مباحث روان‌شناسی نیز بسیار علاقه‌مند بودم، بنابراین تصمیم گرفتم کتابی در دو حوزه‌ی ادبیات و روان‌شناسی بنویسم.

در ابتدای راه بسیار ترس داشتم و با کمال‌گرایی‌ام کلنجار می‌رفتم. با خود می‌گفتم تا آن صد جلد کتاب را نخوانم یا ده دوره‌ی دیگر را هم نگذرانم قادر به نوشتن نخواهم بود.

---

۱. Irvin David Yalom: روان پزشک و روانکاو وجود گرا و نویسنده امریکایی
۲. Wayne Walter Dyer: روانشناس آمریکایی و سخنران انگیزشی، نویسنده‌ی کتاب های خودباوری
۳. Mark Manson : نویسنده آمریکایی
۴. روانپزشک، عصب شناس اتریشی و پدیدآورنده ی معنا درمانی (لوگوتراپی) : Viktor Frankl
۵. Helen Fisher: انسان شناس آمریکایی
۶. Susan Anderson: نویسنده آمریکایی

بار دیگر استاد قورچیان عزیز که همیشه قدردان ایشان هستم با حرف‌هایشان دلگرمم کردند. در وبینار عملگرایی‌شان یاد گرفتم از اهمال‌کاری دست بکشم و انتظار کاری بی‌نقص و کامل را نداشته باشم، بلکه هر روز به طور مستمر روی هدفم کار کنم. این شد که جرئت کردم با ترسم روبرو شوم و تلاش کنم تا با تمام احساس و وجودم بنویسم.

کتابی که در دست دارید درباره‌ی دختری به نام دلساست که در شب تولد بیست و چهار سالگی‌اش به بازخوانی نامه‌هایی که در طول دوره‌ی درمانش برای معشوقش رایان نوشته بود می‌پردازد و به یاد دورانی می‌افتد که با یک بحران عاطفی سخت دست و پنجه نرم می‌کرد و تمام احساسات و عواطفش را روی کاغذ می‌آورد تا ذهنش را از سموم گذشته پاک‌سازی کند.

در نامه‌ها مراحل سوگواری، خاطرات، آرزوها، عواطف و درس‌هایی که دلسا از جدایی آموخته است روایت می‌شود. دلسا با سفر کردن به درونش سعی کرد خودش را بیشتر بشناسد، کودک درونش را در آغوش بگیرد، با سایه‌ها و نقص‌هایش روبرو شود و معنایی برای زندگی‌اش خلق کند.

این کتاب تأکید دارد که باید با واقعیت‌ها، زخم‌ها و اضطراب‌هایمان روبرو شویم و احساساتمان را سرکوب نکنیم، باید مسئولیت زندگیمان را خودمان به عهده بگیریم، به خود عشق بورزیم و مسلمات هستی را بپذیریم. اینکه هر چقدر هم عزیزانمان کنارمان باشند باز هم فاصله‌ای ذاتی میان ما با دنیای اطرافمان وجود دارد. روزی این سیاره را ترک می‌کنیم، پس باید شبه‌مرگ‌ها را بپذیریم. قلم سرنوشتمان به دستان خودمان است؛ پس باید مسئولیت زندگیمان را به عهده بگیریم و بهای انتخاب‌هایمان را بپردازیم. همچنین در زندگی به دنبال معنای شخصی خود باشیم تا بتوانیم با وجود تمام چالش‌ها و سختی‌های پیش‌رو ادامه دهیم و به زندگی و اهدافمان متعهد بمانیم.

از پادکستر خوب جناب آقای "فرزین رنجبر" تشکر می‌کنم که روان‌درمانی اگزیستانسیالیسم[۱] را در پادکست رواق با بیانی شیوا و ساده تحلیل کردند. با

---

۱. روان‌درمانی اگزیستانسیال روشی پویاست که بر دلواپسی‌های وجودی انسان متمرکز است و ریشه‌ی همه‌ی اضطراب‌ها را در چهار ترس بنیادین آزادی، تنهایی، پوچی و مرگ می‌داند.

توضیحات ایشان ایده‌های خوبی به ذهنم رسید و مسیر داستانم تغییر کرد. ایشان در یکی از اپیزودهایشان می‌گویند:

«انگار تنها راه مداوم و همیشگی برای کاهش اضطراب‌های وجودی اینه که حواسمون به خود زندگی باشه. زندگی کردن رو عقب نندازیم.»

من هم تصمیم گرفتم ترس از قضاوت شدن و انتقاد را از خود دور کنم و از فرصت بی‌نظیری که برایم فراهم شده استفاه کنم.

پس این کتاب را با قلم قلبم نوشتم.

بی‌نهایت از پدر و مادر عزیزم و دوستان مهربانم ممنونم که همیشه مشوقم بودند و حمایتم کردند.

همچنین از ویراستار عزیز سرکار خانم «پردیس عریضی» بسیار سپاس‌گزارم که با پیشنهادات خوبشان مرا در جهت بهتر شدن داستانم یاری کردند.

اکنون که در آستانه‌ی بیست و سه سالگی هستم دریافتم که فرشته‌ی گم شده‌ای که سال‌ها در جست‌وجویش بودم در درون خودم نهادینه شده است.

این کتاب به عنوان قدرتمندترین معنا در روزهای سخت زندگی من متولد شد و آرامش جای نگرانی‌هایم را گرفت، چراکه ویروس کرونا فرصتی را برایم مهیا کرد تا رویای چندین ساله‌ام به حقیقت بپیوندند.

خرداد ۱۴۰۰

امشب بیست و چهارمین شمع زندگی‌ام را فوت می‌کنم. هفته‌ی دیگر هم برای آخرین‌بار در گروه فامازور اجرا خواهم داشت.

هرچند که عمیقاً دلم تنگ می‌شود؛ اما باید قوی باشم و خودم را برای یک زندگی جدید آماده کنم.

در حال جمع‌کردن لباس‌هایم بودم که چشمم به دفترچه خاطراتم و نامه‌هایی افتاد که برای رایان نوشته بودم. باورم نمی‌شد که دو سال از آن اتفاقات گذشته باشد. آن‌روزی که رایان رفت را خیلی خوب به یاد دارم...

همین‌طور که مشغول نواختن والس سی‌مینور شوپن[1] بودم، افکارم مانند زنجیری دور تا دور ذهنم پیچ می‌خورد و قدرت تمرکز کردن را از من می‌گرفت. آن حجم از اشتیاقم را نمی‌توانستم در ظرف دلم جای دهم. از دلتنگی جانم از لب گذشته و به مغز استخوانم رسیده بود.

دلم می‌خواست با صدای گرمش آب زلالی روی تمام چرک‌های دلخوری‌ام بریزد و یخ‌های دلتنگی‌ام را آب کند.

تلفن همراهم را برداشتم تا با او تماس بگیرم که یک‌دفعه با دیدن پیامش آب سردی روی تمام وجود و افکارم ریخته شد. نه فقط با چشمانم، با تک تک سلول‌های بدنم به صفحه‌ی تلفنم خیره شده بودم.

پیام‌های اخیرش را پاک کرده بود و یک پیام جدید فرستاده بود:

---

۱. فردریک فرانسوا شوپن یکی از تاثیرگذارترین موسیقیدانان لهستانی و نوازنده‌ی برجسته‌ی پیانو

«سلام دلسا جان! ما دیگه باهم کلاسی نخواهیم داشت.»

از قرارگیری واژه‌ی «جان» کنار اسمم مشخص بود که باید لحنی غیرصمیمانه داشته باشد.

نمی‌توانستم جلوی لرزش دستانم را بگیرم؛ با هر سختی که بود تایپ کردم:

«ما کی انقد با هم غریبه شدیم؟ تو جز محبت و احترام چی ازم دیدی؟»

ـ«من تا حالا به شما بی‌احترامی کردم مگه؟»

می‌ترسیدم حرفی بزنم و به رفتن مصمم‌ترش کنم.

ـ«نه نکردی. ولی آخه تو یه دفعه چت شد؟ میای استوریمو ریپلای می‌کنی؛ بعد یکی یکی پیام‌های آخرتو پاک می‌کنی. به نظرت این کار طبیعیه؟»

ـ«لطفاً پولمو واریز کنید. منتظرم.»

شوک وحشتناکی بود. نمی‌دانستم از دستپاچگی چه باید بکنم.

ـ«تا نبینمت و باهات حرف نزنم این کار رو نمی‌کنم.»

ـ«باشه. پس هیچی.»

آن‌قدر لحنش سرد و زمستانی شده بود که هر کلمه‌ای که از دهانش بیرون می‌آمد روی سقف روانم قندیل می‌بست.

ـ«من اگه اون حرفا رو زدم فقط می‌خواستم دیگه دلخوری باقی نمونه. فک می‌کردم درکم می‌کنی. اصلاً باشه قبول، تقصیر من بود. من زیادی احساساتی شدم. گذشته‌ها گذشته. بیخیال رایان. هنوز کادوی تولدت پیشمه. هنوز کلی کار داریم باهم....

کی بود می‌گفت احساساتت برام مهمه و هیچ‌وقت نمی‌خوام کسی مثل تو رو از خودم برنجونم. کی بود می‌گفت نمی‌خوام تو رو تو زندگیم از دست بدم. چی شد پس؟»

ـ«جفتشو بدین به یه نیازمند.»

-«بس کن رایان! تو می‌دونی که چقدر از لحاظ روحی بهم ریختم. من بیشتر از هر روز دیگه‌ای به کمکت نیاز دارم. خواهش می‌کنم توی این شرایط سخت تنهام نذار......دلم برات خیلی تنگ شده.»

رایان آخرین گلوله را مستقیم به سمت قلبم نشانه گرفت و شلیک کرد:

«به امید موفقیتتان... بدرود.»

نامه‌ی اول

رایان عزیز من!

من فرشته‌ای از جانب بهشت را می‌شناختم که نامش شنبه بود.

عطر آن در هیچ مغازه‌ای پیدا نمی‌شد. رایحه‌ی خوشش، هنگامی که از راه می‌رسیدی پخش می‌شد و تمام اتاقم را معطر می‌کرد. با آبرنگ دست‌هایش به دیوار لحظه‌هایم رنگ شادی می‌بخشید و با نور نگاهش، سقف آسمان شبم را روشن می‌کرد.

اما دیگر خبری از آن فرشته‌ی مهربان نیست. انگار به سرزمین دیگری تبعید شده و هیچ ردپایی هم از خودش در هیچ‌کجا از روزهای هفته‌ام به‌جا نگذاشته است.

لحظه‌هایم چون مرداب خشمگینی، خنده‌هایم را در خود خفه کرده و نیلوفر آبی امیدش نیز مرده و حالا سیاه‌چاله‌ای به نام جمعه، روزهایم را بلعیده و تاریکی تمام دنیای مرا فرا گرفته است.

این اولین شنبه‌ایست که تو را نمی‌بینم و از این پس، تمام روزهایم غروب جمعه خواهد بود.

نامه‌ی دوم

میوه‌ی قرمز من!

وقتی نامت روی صفحه‌ی تلفن همراهم نقش می‌بست، عطر لطیف توت‌فرنگی به مشامم می‌رسید.

خوانده بودم که توت‌فرنگی احساساتی مثل ترس، عصبانیت و اضطراب را کاهش می‌دهد، برای بینایی مفید است و خستگی را برطرف می‌کند.

تو را که می‌دیدم تصویر هرچیز به زیباترین شکل ممکن در ذهنم نقش می‌بست. تو را که می‌دیدم تازه دست و پایم را پیدا می‌کردم و ذهنم به آرامش می‌رسید.

با انرژی فوق‌العاده‌ای که به من می‌دادی، خستگی از وجودم فرسنگ‌ها دور می‌شد و در کنار تو آن‌قدر جسور و بی‌پروا بودم که واژه‌ی ترس در لغت‌نامه‌ی زندگی‌ام معنایی نداشت.

خواص حضور تو، خواص میوه‌ی توت‌فرنگی را داشت و طعم حرف‌های تو، طعم دلچسبش را تداعی می‌کرد.

توت‌فرنگی عزیزم! روزهاست که در خانه‌ی ذهنم، دیگر عطر لطیفت را استشمام نمی‌کنم.

نامه‌ی سوم

سنگدل عزیزم!

نمی‌دانی از همان لحظه‌ای که از هم جدا شدیم و تو مرا از همه‌جا بلاک کردی تا به‌حال چندهزار بار روش‌های مختلف خودکشی را در ذهنم مرور کرده‌ام.

همین حالا هم خودم را زنده نمی‌دانم. نه آرزویی دارم نه هدفی و نه معنایی برای ادامه دادن.

زندگی من مدت‌هاست که تمام شده است. تنها چیزی که تاکنون مرا به زور سرپا نگه داشته، جعبه‌ای است با طرح عکس‌های قشنگت به همراه دفترچه‌ای از ترانه‌هایم که بخشی از وجود من است و آن لباس لاجوردی که گفته بودی عکسش را برایت بفرستم.

به دنبال راهی هستم که هدیه‌ات را به دستت برسانم. هرشب عذاب باز شدن کمدم را تحمل می‌کنم و خودم را در موقعیتی می‌بینم که زبانم بند آمده است و هیچ حرفی برای گفتن ندارم.

اگر کسی از من درباره‌ی شرایط اسفباری که در آن گیرکرده‌ام توضیحی بخواهد، هیچ‌چیزی نمی‌توانم بگویم. خودم هم نمی‌دانم این همه اصرار من برای رساندن این جعبه به دست تو برای چیست وقتی تو کوچک‌ترین رغبتی هم

برای آن نداشتی. حالا هم که همه‌ی راه‌های ارتباطی را به رویم بسته‌ای!

چقدر خوش‌خیال بودم. دوست داشتم در ازای این کارم برای چند لحظه هم که شده مرا در لذتی که خودم مسببش بودم سهیم کنی. چقدر دلم می‌خواست خوشحالی‌ات را از نزدیک ببینم و کیف کنم. تو حتی همین خواسته‌ی کوچک را هم از من گرفتی. همین آرزوی ناچیز و لبخند شیرینت را از من دریغ کردی و با هزار سوال در ذهنم رهایم کردی. احساس می‌کنم بهترین دوستم زیر پاهایش مرا له کرده و با قطار از روی من رد شده است. چگونه می‌توانم دوباره کسی را دوست داشته باشم و به او اعتماد کنم؟

رایان! به من حق بده که نتوانم تو را ببخشم. کاری که تو با من کردی ظرف غرور، احساس، اعتماد و عزت نفسم را شکست.

تو مثل شازده‌کوچولو مرا اهلی کردی و با خود گفتی که تقصیر خودش است، خودش خواست اهلی‌اش کنم؛ اما راز روباه را نمی‌دانستی:

«تو تا زنده‌ای نسبت به کسی که اهلی‌اش کرده‌ای مسئولی.»

نامه‌ی چهارم

رایان جانم!

اکنون کجایی؟ چه می‌کنی؟ با که هستی؟ هنوز مرا به خاطر داری؟

چه ساده می‌گویند گذشته را فراموش کن و در حال زندگی کن.

گذشته بخشی از من است که مانند کاغذی چروکیده در چنگال خاطرات مچاله شده است. چگونه گره‌های وجودم را از آن باز کنم؟

احساس می‌کنم زندانی غمی بزرگ شده‌ام.

تلاش می‌کنم با نوشتن، این غم بزرگ را از وجودم بیرون بکشم و از اسارتش رهایی یابم.

می‌خواهم بار دیگر تمامی واگن‌های خاطرات را در قطار ذهنم به‌خط کنم و روی ریل خطوط کاغذ بیاورمشان. با خود می‌اندیشم که اگر آن سه‌شنبه‌ی برفی، هوس یک فنجان دمنوش بهارنارنج نکرده بودم و به کافه پدال، همان کافه‌ای که تو در آن ساز می‌زدی نرفته بودم، الان در وضعیت دیگری بودم.

آن‌روز را خیلی خوب به خاطر دارم. نور ملایم و فضای خلوت و رمانتیک کافه، جان می‌داد برای تولد ترانه‌ای تازه. قلم را به دست گرفتم و همین‌طور که در حال فکر کردن بودم، صدای سازت توجهم را به خودش جلب کرد.

برای دقایقی، چشمانم را بستم و با حس وصف‌ناپذیری، به آهنگ "رفته" از "علی زند وکیلی" که با دستان هنرمند تو نواخته می‌شد گوش جان سپردم.

احساس کردم که بعد از مدت‌ها قلبم می‌خواهد بنویسد:

پاک کن این غبار غم رو

از پدال خسته‌ی من

دفتر نتت رو وا کن

رو تن شکسته‌ی من

زخمیه همه وجودم

با یه دو-ر-می ساده

همه احساسمو کوک کن

که جراحتم زیاده

توی موسیقيِ قلبت

نت احساسمو جا کن

تو نوازنده‌ی من باش

نت به نت منو صدا کن

هرگز احساس خوب آن لحظه‌ای که برای اولین‌بار با تو در وجودم شکل گرفت را فراموش نخواهم کرد. انگار موجی از خوشحالی به صخره‌ی غم‌هایم کوبید و کشتی آرامش بر ساحل قلبم لنگر انداخت.

می‌خواستم از ته دلم به تو بگویم که تابه‌حال هیچ پیانیستی این‌طور نظرم را به خودش جلب نکرده بود؛ و من حسی که از صدای ساز زدن تو در قلبم متولد شد را خیلی دوست داشتم، خیلی زیاد اما همه‌چیز تنها در ذهنم گذشت. آن‌روز بدون هیچ گفت‌وگویی کافه را ترک کردم.

در راه خانه تازه متوجه شدم که یک چیز بسیار مهم را جا گذاشته‌ام؛ قلبم را!...

نامه‌ی پنجم

رایان عزیزم!

به‌خاطر داری آن روزی را که از من درخواست همکاری کردی و گفتی که دوست داری بیشتر با هم در ارتباط باشیم؟

ترانه‌هایم نقطه‌ی آغاز ارتباطمان بودند.

آن روز سالگرد زمینی شدنت هم بود و از هر جهت روز خاص و مهمی بود. خوشحال بودم که در آغاز ورق خوردن صفحه‌ی تازه‌ای از کتاب عمرت با هم آشنا شده‌ایم؛ اما راستش را بخواهی از این‌همه اشتیاق بیش از حد خودم می‌ترسیدم و احساس می‌کردم دارم زیاده‌روی می‌کنم. مدام خودم را سرزنش می‌کردم و دنبال راهی برای تخلیه‌ی این احساسات شدید بودم. می‌ترسیدم کنترلم را از دست بدهم و بگویم که چقدر به تو علاقه‌مند شدم و برای داشتنت ذوق دارم.

به احساسم یک ماه فرصت دادم. اما نه‌تنها شعله‌ی اشتیاقم خاموش نشد، بلکه هر روز بیشتر زبانه می‌کشید و حس می‌کردم به‌قدری درونم شعله‌ور شده که نمی‌توانم جلوی سرخ شدن گونه‌ها و تپش قلبم را بگیرم.

می‌ترسیدم یک‌روز بفهمی که چه کسی آن پیام‌های ناشناس عاشقانه را برایت می‌فرستد و ارتباطمان قطع شود. از طرفی هم به دلیل شکست‌هایی

که در گذشته تجربه کرده بودم به افرادی که اخیراً ملاقاتشان می‌کردم حس بی‌اعتمادی داشتم و اوایل به خاطر همین موضوع تو را رنجاندم و ناراحت کردم؛ البته که به اشتباهم پی بردم و عذرخواهی کردم، اما واقعاً اعتماد کردن برایم سخت شده بود.

هر روز جاذبه‌ی صدایت مرا بیشتر به سمت تو می‌کشاند و احساسم را در مدار دوست داشتنت به حرکت در می‌آورد؛ هرچند که آن روزها انکارش می‌کردم، اما ته قلبم می‌دانستم که نسبت به تو احساس عمیقی پیدا کرده‌ام. حرف‌های دلم را در ترانه‌هایم می‌گفتم و آن‌ها را به بهانه‌ی همکاری برایت می‌فرستادم. یک روز لابه‌لای همین ترانه‌ها سر صحبت را باز کردی.

این ترانه را برایت فرستاده بودم:

«از همین لحظه دارم عاشق چشمات می‌شم
عاشق لحن صدا و حس زیبات می‌شم
نت به نت پرده‌ی این فاصله‌ها رو کم کن
مات آرامش موسیقی دنیات می‌شم»
ـ«چقدر قشنگه دلسا! مخاطبش کیه؟ واسه منه؟»

صدایی در قلبم شعر فروغ را زمزمه کرد:

«آنچه در من نهفته دریایی‌ست
کی توانِ نهفتنم باشد
با تو زین سهمگین طوفانی
کاش یارایِ گفتنم باشد»

لبخندی زدم و با خونسردی گفتم:

«مخاطبی نداره. ولی اگه بخوای می‌تونه برای تو باشه.»

با شیطنت پاسخ دادی: «دست من نیست که. تو گفتی. تو باید تصمیم بگیری.»

چند نفس عمیق کشیدم و آرام و محکم گفتم: «دوست دارم مخاطب ترانه‌هامو بیشتر بشناسم.»

-«خب بیا بیشتر همو بشناسیم. بیا دیگه.»

احساس می‌کردم پس از مدت‌ها زندگی روی خوشش را نشانم داده. می‌خواستم بی‌پروا، شادی غیرقابل وصفم را جار بزنم.

آن شب یکی از بهترین شب‌های زندگی‌ام بود. حال من در هیچ واژه‌ای نمی‌گنجید؛ برای آشنایی و ارتباط بیشترم با تو هیجانی بی‌نهایت داشتم.

به یادت تا صبح آهنگ "همیشه با من باش-مهدی یراحی" را روی تکرار گذاشته بودم و حرف‌های دلم را گوش می‌کردم.

خستگی چون سایه‌ای شوم روی ساز و قلمم افتاده بود و بی‌اعتمادی و بی‌حوصلگی جهانم را تسخیر کرده بود. وقتی‌که تو از راه رسیدی من از ترانه‌ها شکفتم. من از دریچه‌ی نگاه تو بار دیگر متولد شدم و وجود و استعدادهایم را باور کردم.

مهربانی‌های تو، در دل من به قطرات باران بدل شد و کوچه به کوچه‌ی دلم را از آلودگی‌های گذشته شست؛ روح ترانه‌ساز مرا از زخم‌های بی‌ترانگی زدود و شوق نوشتن را بار دیگر در وجودم زنده کرد.

نامه‌ی ششم

عزیز من!

چقدر لذت می‌بردم وقتی روزمرگی‌هایت را برایم تعریف می‌کردی:

بعد از صبحانه به باشگاه می‌رفتی، نود دقیقه تمرین می‌کردی، بعد از آن دوش می‌گرفتی، غذا می‌خوردی و به استودیو می‌رفتی. شب‌ها هم اگر حوصله داشتی کتاب می‌خواندی.

شب‌هایی که تا دم صبح با هم حرف می‌زدیم را فراموش نکرده‌ام.

از آن شب‌ها ترانه‌ی هنرمند به یادگار مانده که خیلی برایم عزیز است:

ما هر دو هنرمندیم

مغرور و پر احساسیم

این روزا داریم کم‌کم

همدیگرو می‌شناسیم

من شاعر چشماتم

عشقت شده آغازم

هر واژه‌ی شعرم رو

با چشم تو می‌سازم

لحن تو برای من

آرامش و آوازه
موسیقی احساسو
هر ثانیه می‌سازه
ما هر دو هنرمندیم
دنیای پر از رازیم
از درز یه دیوارم
یک پنجره می‌سازیم

نامه‌ی هفتم

رایان من!

تو که می‌خواستی بروی چرا یادت را با خودت نبردی؟! کاش روزی که با عجله می‌رفتی، خاطراتت را جا نمی‌گذاشتی، یا دستِ‌کم خوب‌هایش را با خودت می‌بردی.

یادم است شبی به شدت از موضوعی ناراحت بودم و احساس آشفتگی شدیدی می‌کردم؛ وقتی آن موضوع را با تو درمیان گذاشتم خیلی سبک شدم. گفتی: «دلسا ناراحت نباشی‌ها! بخند.»

با این جمله‌ات دلم می‌خواست نه تنها به آن موضوع بلکه به همه‌ی اتفاقات تلخ دیگر هم بخندم؛ چراکه بعد از حرف زدن با تو دیگر هیچ غمی نمی‌توانست در دلم بماند و موجب رنجشم شود.

آن‌شب لحن مهربانت مرا در اقیانوسی از هیجان و شادی غوطه‌ور کرد، طوری‌که دیگر هیچ مسئله‌ای برایم اهمیتی نداشت. حتی از آن موضوع تشکر کردم که باعث شد آن جمله‌ی زیبا را به زبان بیاوری: «دلسا بخند.»

فردایش اجرا داشتی و باید زود می‌خوابیدی، اما من دلم می‌خواست تا صبح با تو بیدار بمانم و صحبت کنم.

آن شب تنها دو ساعت خوابیدم و هیجان زیادی داشتم.

بیشتر از خودت ذوق‌زده بودم و زودتر از بقیه‌ی حضار به محل برگزاری کنسرت رسیدم.

درآن لحظه‌ای که منتظر باز شدن درب‌ها بودم، تو را دیدم که از کافه‌ی مجاور سالن بیرون می‌آیی.

احساس عمیقی وارد ریه‌هایم شد و از سیاهرگ ششی به دهلیز چپم راه پیدا کرد؛ سپس دریچه‌ی میترالم باز شد و خون روشنم به همراه آن احساس لطیف وارد بطن چپم شد و سرانجام از راه سرخرگ آئورتم، به سرتاسر بدنم رسید.

هربار که از میان جمعیت نگاهم می‌کردی و چشمک می‌زدی ضربان قلبم تندتر و حسم به تو بیشتر و بیشتر می‌شد. شک ندارم که آن روز، عشق عنصری از جنس آتش بود که مرا در شعله‌ی دلخواه و دلپذیرش می‌سوزاند. این اولین‌بار در زندگی‌ام بود که حس می‌کردم از کسی خوشم آمده که او هم از من خوشش می‌آید و همه‌ی توجهش معطوف به من است. حس قشنگی بینمان رد و بدل می‌شد؛ یک حس گرم و دلچسب.

هنگام خداحافظی از هم، دستت را جلو آوردی وگفتی: «مرسی که اومدی دلسا. خیلی خوشحالم کردی.»

مثل کسی که در کویر پس از دیدن ده‌ها سراب به چشمه رسیده باشد، این اولین باری بود که دستت را لمس می‌کردم و دیگر برایم یک رویا نبود.

سپس با هم داخل آسانسور شدیم و گفتی: «هنوز ناراحتی؟»

ـ«نه بابا اصلاً.»

دلم می‌خواست محکم در آغوشت می‌گرفتم و می‌گفتم دیوانه مگر می‌شود تو را ببینم و ناراحت باشم!

کاش می‌شد تو را در آن لحظه‌ای که به من خیره شده بودی منجمد می‌کردم تا برای همیشه تنها مرا می‌دیدی و دیگر با هیچ غریبه‌ای آشنا نمی‌شدی...

کاش می‌شد چند ساعت از آینده‌ام را می‌فروختم و بار دیگر به چند ساعت از اردیبهشت‌ماه سال گذشته باز می‌گشتم.

کاش...

نامه‌ی هشتم

عزیزدلِ من!

امروز در کتابخانه‌ی ذهنم، برای تسکین دردهایم، کتاب لحظه‌های شادم را برداشتم و صفحاتش را یکی یکی ورق زدم.

خاطره‌ی شبی را خواندم که از تب شدید و درد عضلاتم، احساس یک مرده را داشتم.

دقایقی بعد، تو با حرف‌هایت مرا احیا کردی و دردهایم چون پرنده‌هایی مهاجر از لانه‌ی تنم کوچ کردند و دور شدند.

شبی دیگر که هر دو حالمان خوب نبود تصمیم گرفتیم انرژی مثبتمان را برای هم بفرستیم.

بعد از لمس حس خوبت از راه دور، من آکنده از حال خوب و لبریز از دوست داشتن تو به خواب رفتم و با شب‌بخیرِ تو، شبم به‌خیر شد.

عزیزدلم! هیچ‌کس نمی‌توانست واژه‌ی دیوانه را با آن ظرافت و زیبایی که تو بیان می‌کردی بیان کند.

وقتی دیوانه خطابم می‌کردی دلم می‌خواست بیشتر به دیوانگی‌ام ادامه دهم و دیوانه‌وار تو را دوست بدارم.

وقتی به یادم بودی، وقتی ابراز نگرانی می‌کردی، این اطمینان را پیدا می‌کردم که در قلب کسی که دوستش دارم زندگی می‌کنم و نفس می‌کشم.

خاطره‌ی اولین شبی که "عزیزم" خطابم کردی را خیلی خوب به یاد دارم. همان شبی که تا دیروقت استودیو بودی و گفتم «خسته نباشی» و تو خیلی شیرین پاسخ دادی: «ممنونم عزیزم.»

از آن شب دوست داشتم عزیزم را فقط با فرکانس صدای تو بشنوم.

واژه‌ای ساده که در روز از زبان خیلی‌ها می‌شنیدم، اما تو همیشه حسابت از همه جدا بود.

من حتی میان کلمات عزیزم، عزیزدلم و عزیز دل من، تفاوت قائل می‌شدم.

وقتی از ترکیب سوم استفاده می‌کردی، حس می‌کردم آن لحظه بیشتر از هر لحظه‌ی دیگری دوستم داری.

کاش واقعاً عزیز دل تو بودم...

نامه‌ی نهم

تصور شیرین من!

آن‌وقت‌ها، خورشید قبل از طلوع‌کردن، غروب می‌کرد و روزها قبل از روشن‌شدن، تاریک می‌شدند. من هرگز علت این همه شتاب را درک نکردم.

چرا دیگر لحظه‌ها میلی به سپری شدن ندارند؟

هنوز رفتنت را باور نکردم. جدایی از تو عمیق‌ترین زخم دنیاست که همچون سرب مذاب، قلبم را می‌سوزاند.

در خلاء حضورت هم، عطر صدایت روی لباس حافظه‌ام به مشام می‌رسد و به گذشته‌ها می‌روم. آن‌وقت‌ها که نامت را چندین بار صدا می‌کردم و تو هربار با لحن شیرین و دوست داشتنی‌ات پاسخ می‌دادی: «جونم»؛ کلمات از ذهنم پاک می‌شدند و سکوتی شیرین بینمان برقرار می‌شد. و آن‌زمان که تو اسمم را صدا می‌کردی، نفسم بند می‌آمد و ریه‌هایم، به جای هوا از صدای تو اکسیژن می‌گرفتند.

یاد تو، چای تازه‌دم و معطری‌ست که هیچ‌گاه از دهان نمی‌افتد.

چای یادت را می‌نوشم و دوباره داغ دلم تازه می‌شود.

تو فراموش کرده‌ای، اما من خوب یادم است که سه‌شنبه شبی، حول و

حوش ساعت نه شب تماس گرفتی و گفتی: «حتی واسه چند دقیقه هم امشب نمی‌تونم ببینمت؟». آن ساعت از شب نمی‌توانستم از خانه بیرون بیایم و تو را ببینم، اما آن جمله آن‌قدر دلگرمم کرد که دلم می‌خواست، مسیر دوست داشتنت را با سرعت هزارکیلومتر در ساعت طی کنم.

مکالمه‌مان را به خاطر می‌آورم و در ذهنم مرور می‌کنم:

«از هفته‌ی دیگه کلاس داریم عزیزم.»

ـ«چشم استاد.»

ـ«انقد زبون نریز.»

ـ«دوس دارم...»

ـ«جونم... دلسا وقتی تو خونتون صدام می‌کنی نمی‌شه بگم جون‌دلم نه؟»

ـ«وای نه دیوونه معلومه که نمی‌شه. مامانم، بابام، خواهرم درسا همشون خونه هستن. جلو اونا باید مثل یه استاد رفتار کنی.»

ـ «خیلی هم دلشون بخواد. می‌گم چطوره همسایه‌هاتونم دعوت کنی بیان تو اتاق بینمون بشینن!»

همان‌طور که با صدای بلند می‌خندیدم حس می‌کردم گلبول‌های قرمزم، آرامش صدای تو را به بافت‌هایم منتقل کرده و نگرانی را از ریه‌هایم به بیرون رانده‌اند.

هنوز هم تصویر زیبای تو، اینجا روبرویم نشسته است و به من لبخند می‌زند.

کنارت می‌نشینم، لبخندت را می‌بوسم، نگاهت را نوازش می‌کنم، تصویرت را در آغوش می‌گیرم و نامت را با عشق صدا می‌زنم.

نامه‌ی دهم

عشق جانم!

چقدر دلم برای دقایقی که لبخند می‌زدی و خطوط زیر چشم‌هایت را می‌شمردم تنگ شده است.

برای لاله‌ی گوشِ مخمل‌گونه‌ات، برای لب‌های صورتی کم‌رنگت که با هر جرعه آب، پررنگ‌تر می‌شدند، برای آن کفش‌های سفیدت که همیشه از تمیزی برق می‌زدند، برای هر آنچه که بخشی از تو بود دلم تنگ شده است.

من عمیقاً دلتنگ لحظاتی هستم که با پیراهن قرمزت پشت ساز می‌نشستی و روی آکوردهای احساسی که از دلت می‌شنیدی بداهه نوازی می‌کردی.

چرا به تو نگفته بودم که چقدر در لباس قرمز جذاب‌تر هستی؟!

دلم می‌خواست تا ابد فیلم نواختنت در اتاق کوچکم تکرار می‌شد. آن‌وقت ساعت‌ها چشم هایم، خودشان را به لباس نیم‌رخت می‌دوختند و تا لحظه‌ی مرگم، حتی یک لحظه هم پلک نمی‌زدند و بار دیگر از چشم‌انداز زیباترین سکانس زندگی‌ام زاده می‌شدم و یک لحظه از حضورت را هزارسال زندگی می‌کردم.

موسیقی محبوب من لحن صدای آرام تو بود که به روحم آرامش می‌بخشید، ساز دلم را کوک می‌کرد، نت‌های کلمات را کنار هم می‌گذاشت و آهنگ جمله‌ی دوستت دارم را در قلبم می‌نواخت.

من دیوانه‌وار دلتنگ آن عطر خاطره‌انگیز ورساچه‌ات هستم که رایحه‌ی خوشش تا ساعت‌ها روی انگشتانم باقی می‌ماند و شبم را روز می‌کرد.

انگشتان من، کلاویه‌های سردی بودند که تو با دست‌های نوازنده‌ات گرمشان می‌کردی.

حالا دیگر ساز دلم ناکوک شده است، روحم آرامش ندارد و زمهریر سرمای دوریت دستانم را می‌سوزاند.

کاش می‌توانستی فقط برای چند لحظه، کنارم بنشینی و نقطه‌ی کوچکی از احساسم را درک کنی.

نامه‌ی یازدهم

رایان جان من!

زمانی‌که هفت‌ماه از آشنایی‌مان می‌گذشت و با هم صمیمی‌تر شده بودیم، هنوز نمی‌دانستم کجای زندگی‌ات هستم، چقدر برایت اهمیت دارم و سهم من از قلب تو چقدر است. رابطه‌ی استاد و شاگردی نداشتیم؛ مثل دو تا دوست معمولی هم با هم رفتار نمی‌کردیم، رابطه‌ای سرشار از عشق و تعهد هم نداشتیم.

اصلاً نمی‌دانستم اسم ارتباطمان را چه باید گذاشت.

من در آن هفت‌ماهی که با تو آشنا شده بودم، کلید قلبم را تنها به دست تو سپرده بودم. تو صاحب‌اختیار بودی. هرزمان که دلت می‌خواست می‌توانستی بدون اجازه کلید بیندازی و داخل شوی.

من آن‌قدر دلباخته‌ات شده بودم که دیگر نمی‌توانستم به هیچ مرد دیگری دل ببندم. تمام ترس من از این بود که نکند آن‌قدری که من دوستت دارم، دوستم نداشته باشی.

جدول ضرب ارتباطمان هر روز در حال تغییر و نوسان بود. گاهی یک توجه تو در هزار سلول دوست داشتنم ضرب می‌شد و احساس قلبی‌ام را هزار برابر می‌کرد و گاهی بی‌توجهی‌ات، وجودم را تهی می‌کرد.

زندگی‌ام به دو بخش تقسیم شده بود: روزی که تو را می‌دیدم و روزهایی

که لحظه‌شماری می‌کردم تا تو را ببینم. وقتی تو را می‌دیدم پیش چشمانم لحظه‌ها عاشقانه و جادویی سپری می‌شدند. دستم را روی دستت می‌گذاشتم و تو با حرکت انگشتانت، نوازشش می‌کردی.

نگاه‌های مهربانت، لبخندهای شیرینت بعد از پایان هر جمله، لمس دستانت و حس بی‌نظیری که فراتر از حد تصور بود، روز به روز نیازم را به تو بیشتر و بیشتر می‌کرد.

حرف‌هایمان چون گردابی در ذهنم به سرعت می‌چرخند:

ـ«رایان فردا دندون عقلمو جراحی می‌کنم. خیلی می‌ترسم.»

ـ«دیوونه‌ای مگه؟ ترس نداره که... نگران نباش عزیزم.»

ـ«باشه عزیزم سعی می‌کنم.»

ـ«دستتم که هی می‌ذاشتی رو دستم شیطون...»

ـ«خب تو اول دستمو گرفتی.»

ـ«نخیر کی گفته؟!»

ـ«من می‌گم.»

ـ«اصن باشه. خوب کردم.»

ـ«تو با همه این‌جوری حرف می‌زنی؟»

ـ«تو دست همه رو می‌گیری؟»

ـ«معلومه که نه.»

ـ«منم نه.»

ـ«رایان! یه سوال بپرسم راستشو میگی؟»

ـ«جانم؟»

ـ«منو دوست داری؟»

باکمی مکث گفتی:

«تو دوسم داری دلسا؟ بگو تا بگم. میشه از حست بگی؟»

ـ«این‌جوری نمی‌تونم بگم. می‌خوام اول مطمئن بشم. البته شاید الان وقت مناسبی نباشه. بهتره الان بخوابیم. بگو شب‌بخیر چشام گرم شن.»

ـ«باشه حرف می‌زنیم حتماً. شبت‌بخیر عزیزم...دلسا؟»

ـ«جون دلم؟»

با یک بوسه صحبتمان به پایان رسید.

آن شب سعی کردم تمام افکار منفی را دور بریزم. تو را تجسم کردم که مرا در آغوش گرفته‌ای و موهایم را نوازش می‌کنی. به‌قدری عواطفم در آن تصویر خیالی واقعی و زنده بودند که گویی هزاربار زندگی‌اش کرده بودم. تمام وجودم سرشار از اکسی توسین[1] شده بود. دوست داشتم بخوابم و تا صبح خیالت را در ذهنم ببافم.

تقریباً دو هفته‌ی دیگر هم گذشت، ولی درباره‌ی رابطه‌مان همچنان حرفی نزده بودیم. دوباره بحثش را پیش کشیدم و گفتم:

«رایان! برای من وقت داری؟»

گفتی: «آره. دارم.»

ـ«خب پس چرا واضح حرف نمی‌زنیم؟»

ـ«دنبال چی هستی دلسا؟»

چند لحظه بهت‌زده سکوت کردم و درحالی‌که بغضم را قورت می‌دادم گفتم:

«می‌خوام بدونم برات مهمم یا نه.»

ـ«آره. مهمی.»

---

۱. هورمونی اولیگوپپتیدی و نوروهیپوفیزیال در پستانداران است که در هیپوتالاموس تولید و در هیپوفیز پسین ذخیره می‌شود و نقش اساسی در ارتباط عاشقانه دارد. (از آن به عنوان هورمون عشق نیز یاد می‌شود).

-«چقدر؟»

باز هم گفتی که یک روز باید درموردش صحبت کنیم.

آن شب دفتر خاطراتم از شدت بارش اشک‌هایم خیس خیس شده بود. هربار که می‌خواستم مستقیم و واضح در مورد احساسمان حرف بزنیم، بهانه می‌آوردی و به یک روز دیگر موکول می‌کردی.

چند روز بود که جواب پیام‌هایم را نداده بودی. به‌قدری حالم بد بود که احساس می‌کردم خنجری بزرگ در قلبم فرو رفته است. ترومای بی‌توجهی‌ات سرم را نشانه گرفته بود.

چنان سردرد وحشتناکی داشتم که انگار دچار خونریزی مغزی شده باشم.

تا اینکه بالاخره تماس گرفتی و گفتی:

«دلسا! باور کن فقط تو نیستی که جوابشو ندادم. از نظر جسمی و روحی خیلی بهم ریختم و درستم نمی‌شم.»

برایم شکنجه‌آور بود که نمی‌دانستم از چه رنج می‌بری. طاقت نداشتم تو را در وضعیت بیماری و ناراحتی ببینم.

چیزی نمانده بود آتشفشان درونم فوران کند.

تو تنها کسی بودی که هر چقدر هم از دستش عصبانی یا ناراحت می‌شدم، باز هم می‌توانست با یک جمله جهنمم را بهشت‌تر از بهشت کند.

یادت نمی‌گذاشت به خواب فکر کنم. پیام دادم و حالت را پرسیدم. خیلی خوب نبودی.

گفتی که راه حل مشکلت را می‌دانی اما نمی‌توانی ناراحت نباشی، یک‌سری خواسته‌ها از خدا داشتی که دلت می‌خواست زودتر به آن‌ها برسی و از این‌که کم طاقت بودی رنج می‌بردی.

به تو یادآوری کردم که چقدر با استعداد هستی و تا زمانی‌که مدام روی چیزهایی که نداری تمرکز کنی متوقف می‌شوی و نمی‌توانی از حداکثر توانت

استفاده کنی. سپس از دفترچه‌ی شکرگزاری و پیشرفت‌هایم برایت گفتم. آن دفترچه به من کمک می‌کرد چیزهایی که دارم را بهتر ببینم و برای ادامه‌دادن انگیزه‌ی بیشتری داشته باشم.

فردای آن روز با هم کلاس داشتیم. چشم‌های تو حرف‌های زیادی برای گفتن داشت. من با چشم‌های تو جور عجیبی ارتباط برقرار می‌کردم. به‌قدری آن روز، شیرین نگاهم می‌کردی که حس می‌کردم خاص‌ترین و زیباترین موجود جهانم.

بلافاصله بعد از کلاسمان تماس گرفتی و بابت دیر جواب دادن‌های اخیرت عذرخواهی کردی و از این‌که سعی کرده بودم با حرف‌هایم حال روحی تو را بهتر کنم تشکر کردی.

بالاخره بعد از روزها غصه خوردن از ناراحتی و مریضی تو می‌توانستم بخندم و آرام بگیرم.

به خودم می‌بالیدم و بی‌نهایت خوشحال بودم. حس می‌کردم به دنیا آمده‌ام تا آن روز حالت را بهتر کنم.

با هیجان گفتم: «واقعا حرفام روت تاثیر گذاشت؟»

ـ«نمی‌بینی چقدر خوشحالم؟ مگه میشه تو چیزی بگی و رو من تاثیر نذاره؟! راستی امروز خوشگل شده بودی‌ها!»

آن لحظه قلبم توسط دست‌های ظریف حسی یگانه و بی‌نظیر، نوازش شد.

خیلی دلم می‌خواهد حس آن لحظه‌ام را برایت توصیف کنم اما کلمات برای وصف آن احساس عمیق و خارق‌العاده، خیلی کوچک و ناتوانند.

تو مرا در آسمان خوشبختی آن هم بدون نیاز داشتن به بال به پرواز درآوردی.

همزمان به یکدیگر گفتیم مراقب خودت باش؛ بعد خندیدیم و دوباره جمله‌ی محبت آمیزمان را تکرار کردیم.

آن روز خودم را بهتر دیدم. آن روز عاشق خودم شدم و این جمله از آلن

دوباتن[1] را به خاطر آوردم:

«تا کسی ندیده باشدمان، وجود نداریم؛ نمی‌توانیم درست حرف بزنیم تا وقتی‌که کسی به حرفمان گوش بدهد؛ و در یک کلام، کاملاً زنده نیستیم، تا زمانی‌که دوست داشته شویم.»

---

۱. نویسنده و فیلسوف برجسته سوئیسی انگلیسی : Alain de Botton

نامه‌ی دوازدهم

رایان جانم!

این نامه را برایت روبروی رودخانه‌ای می‌نویسم که شهریورماه سال گذشته با هم کنارش نشسته بودیم.

ساعت چهار بعد از ظهر بود. ملودی دلواپسی با ضرب‌آهنگ بالایی در قلبم نواخته می‌شد.

من بودم و تو و سکوت سنگینی که ما را در مسیر همراهی می‌کرد و از میان ما سه تن، تنها او سخن می‌گفت.

نشستن کنار تو در کم‌ترین فاصله، روح مرا به کهکشانی فراتر از راه شیری سوق داده بود.

وقتی انگشتان باریک و کوچکم را در دست می‌فشردی، احساس می‌کردم هسته‌های دم دار[1] مغزم بیشتر از هر زمان دیگری، سرشار از دوپامین[2] شده‌اند.

بالاخره کسی که جرئت کرد سکوت را خفه کند تو بودی.

«بیا صحبت کنیم دیگه! اول تو بگو.»

---

1. Caudate nucleus: یکی از عقده‌های قاعده ای مغز
2. یک پیام‌رسان مهم در مغز

با صدایی آرام و لرزان گفتم: «گفتنش برام سخته.»

–«باشه پس اول من می‌گم دلسا. من آدم رکی هستم و می‌خوام باهات صادق باشم. می‌دونم که از من خوشت میاد. منم ازت خوشم میاد؛ ولی من ترجیح می‌دم با شریک عاطفیم زندگی کنم. من از صبح تا شب سرکارم؛ دوست دارم وقتی دارم می‌رسم خونه، کسی که دوستش دارم کنارم باشه. دلسا من خیلی تنهام و تو هم محدودیت‌های زیادی داری.»

بعد کمی جلوتر آمدی و درحالی‌که نوازشم می‌کردی با صدایی آرام گفتی: «حالا می‌گی چیکار کنیم؟ تو بگو. به نظرت راهی هست که با شرایط من کنار بیای؟ می‌تونی چند روز به حرفام فک کنی. الان زود تصمیم نگیر.»

گفتم: «من فقط زمانی می‌تونم باهات زندگی کنم که همسرت باشم.»

–«شاید چند سال دیگه قصدشو داشته باشم، ولی الان هردومون واسه ازدواج بچه‌ایم. منم چند ماهه رابطه‌ای نداشتم و دیگه بیشتر از این نمی‌تونم صبر کنم.»

سرم را پایین انداختم و درحالی‌که تلاش می‌کردم گریه نکنم گفتم: «این همه دختر دورته. می‌دونم برات آسونه که منو راحت فراموش کنی و بری با یکی دیگه. تو اصلاً منو دوست نداشتی.»

آرام بوسه‌ای بر روی گونه‌هایم گذاشتی و گفتی: «دیگه این حرفو نزنیا. تو دختر خیلی خوب و موفقی هستی؛ فقط سبک زندگیمون با هم فرق داره و منم نمی‌خوام تو رو مجبور به کاری کنم، چون خودم خواهر دارم. عاشقت نیستم ولی خیلی دوستت دارم. اگه دوستت نداشتم، همه چی رو تعطیل نمی‌کردم که الان اینجا کنار تو باشم. می‌تونستم مثل دخترای دیگه سرکارت بذارم، ولی تو برام فرق داشتی.»

نمی‌دانستم از شنیدن چنین جملاتی باید خوشحال می‌شدم یا ناراحت.

همان‌جا بود که فهمیدم پایه‌ی روابطت روی شن بنا شده است؛ سطحی و کم‌دوام...

فهمیدم چقدر اولویت‌هایمان با هم فرق دارد و چقدر نیازها و خواسته‌هایمان

از یک رابطه متفاوت است.

تمام آن افکار آزاردهنده را در امواجی از احساسات غرق کردم چون دلم چیز دیگری را می‌خواست و دوست نداشت آن تصویر خیالی که از تو ساخته بود را نابود کند.

خودم را یک‌دفعه در دریای آغوشت پرت کردم و فریاد زدم: «ولی من دوستت دارم رایان. دلم می‌خوادت.»

به‌قدری غرقت شده بودم که حواسم نبود نیمی از رژ لبم را با پیراهن سفیدت پاک کرده‌ام.

از بابت این اتفاق خیلی شرمنده شدم و نمی‌دانستم چه بگویم.

محکم لپ‌هایم را کشیدی و گفتی: «چیکارت کنم، خنگی دیگه! خدارو شکر یه لباس دیگه توی ماشین داشتم.»

سپس هر دو خندیدیم و به چشم‌های هم خیره شدیم.

در عرض چند ثانیه همه‌چیز را فراموش کرده بودم و دستم را یک لحظه هم از دستت جدا نمی‌کردم.

دوباره یکدیگر را در آغوش کشیدیم و گفتی:

«دلسا! من هیچ‌وقت رابطه‌ی جدی نداشتم. می‌دونم که اگه بخوایم به هم نزدیک‌تر بشیم دیگه نمی‌تونیم مثل قبل این صمیمیت رو داشته باشیم. ما می‌تونیم مثل دو تا دوست خوب بازم با هم بیرون بریم، به هم پیام بدیم، زنگ بزنیم، بازم اگه به هم نیاز داشتیم و حالمون خوب نبود، کنار هم باشیم. دوست ندارم از دستت بدم.»

تو شبیه مردی بودی که مدت‌ها رویای آن را در سر داشتم. برای اولین بار بود که حس می‌کردم او را پیدا کرده‌ام. چطور می‌توانستم به همین سادگی از تو بگذرم؟

با لبخندی تلخ گفتم: «اینقدر برات راحته که فقط دوتا دوست معمولی باشیم؟ تو واقعاً می‌تونی؟»

–«خب... نه راستش. برام آسون نیست. چون منم بهت حس دارم. می‌تونیم تو زندگی هم دوتا آدمی باشیم که به هم حس دارن، ولی بدون تعهد، که البته می‌دونم قبول نمی‌کنی.»

–«معلومه که قبول نمی‌کنم.»

–«پس یعنی می‌گی از هم خداحافظی کنیم؟»

آن لحظه انگار زبان مادری‌ام را از یاد برده بودم. درحالی‌که دستت را در دستانم می‌فشردم به این فکر می‌کردم که اگر این آخرین آغوش و آخرین دیدارمان باشد، شک ندارم که قلبم دیگر هیچ انگیزه‌ای برای تپیدن نخواهد داشت. دیگر چه معنایی برای زنده ماندنم باقی می‌ماند؟!

با لحنی آرام و ملایم گفتی: «یه لحظه چشماتو بند...»

با چشمان بسته آرام‌آرام گرمای حضورت را بیشتر لمس کردم.

باورم نمی‌شد که درحال زیستن همان صحنه‌ی رمانتیکی هستم که هر شب در ذهنم تجسمش می‌کردم. هرچند که معنای آن بوسه‌ی تلخ را می‌دانستم اما آن لحظه بهترین لحظه‌ی زندگی من بود. چون لب‌های کسی را لمس می‌کردم که دیوانه‌وار می‌پرستیدمش. دلم می‌خواست زمین از چرخیدن به دور خودش خسته شود و سرگیجه بگیرد؛ سپس آرام و بی‌دغدغه کنار ماه بنشیند، چای تازه دمی بنوشد و نفسی تازه کند. تا آن روز زیبا دیرتر به شب برسد، تا من بیشتر در آغوش تو بمانم، تا بیشتر عطر تو را روی موهایم احساس کنم و دستانت را روی صورتم نوازش دهم.

وقتی به خانه رسیدم، پاهایم از بی‌رمقی قفل شده بودند و میلی به پیاده شدن نداشتند.

با چشم‌های مهربانی که مرا بدرقه می‌کردند گفتی: «پنج سال دیگه همین موقع‌ها بهم زنگ بزن. دوست دارم بدونم چقدر تغییر کردی و به کجاها رسیدی.»

–«قطعاً هر تغییری که کرده باشم یا به هرجایی که رسیده باشم تو رو فراموش نکردم عزیزم! حالا هم قبل از اینکه برم می‌خوام یه بار دیگه...»

-«باشه عزیزم! ولی این‌طوری واسه جفتمون سخت‌تر میشه‌ها!.....»

پایان آن روز آن‌قدر تلخ بود که چند شب متوالی نخوابیدم و تا دم‌صبح اشک ریختم.

اما کاش واقعاً همان‌جا پایان داستان ما بود. کاش با یک بوسه و خاطره‌ای خوب در همان نقطه از هم جدا می‌شدیم. اگر می‌دانستم بعد از آن قرار، همه‌چیز تغییر می‌کند و پایان داستانمان تلخ و ناگهانی می‌شود، هرگز اصرار به ادامه‌ی رابطه‌مان نمی‌کردم و هیچ فرصتی نمی‌دادم.

به یاد جمله‌ای می‌افتم که سال‌ها پیش در کتاب عقاید یک دلقک[1] خوانده بودم:

«هرگز نباید سعی در تکرار لحظات داشت. باید آن‌ها را همان‌طور که یک‌بار اتفاق افتاده‌اند، تنها به خاطر آورد.»

می‌خواهم از تمام حرف‌هایت فقط آن دوستت دارمی که همان یک‌بار گفتی را به خاطر بیاورم و با خنده‌ای که روی لب‌هایم می‌آورد دقایقی دردم را از یاد ببرم.

---

۱. هاینریش تئودور بُل Heinrich Theodor Böll: نویسنده‌ی آلمانی و برنده‌ی جایزه نوبل ادبی

نامه‌ی سیزدهم

شکوفه‌ی گیلاس من!

امروز به باغ خاطراتم قدم گذاشتم.

در ابتدای مسیر، برف شیرینی می‌بارید که تداعی‌کننده‌ی زمستانی بود که با هم آشنا شدیم.

پیانوی برفی کوچکی کنار درختان سفیدپوش بود و همراه باد آواز می‌خواند. از چشم‌هایم، آبشاری سرازیر شد و به رودخانه‌ی دوست داشتنت رسید. جلوتر که رفتم به درختانی با شکوفه‌های گیلاس[1] و سیب سبز معطر رسیدم. گل‌های قلبی‌شکل آنتوریوم قرمز[2]، یادآور بهاری بودند که عاشقت شدم.

تمام باغچه‌ی قلبم پر از داوودی سفید[3] و ارکیده‌ی صورتی[4] شده بود.

بعد از گذر از تابستان خنک حضورت، به زمستان سردی رسیدم که تمام دریای تصوراتم را منجمد کرد.

به قسمت تاریک باغ رسیدم. آن‌جایی که نهال عشقمان را در آن کاشته بودم و امید داشتم که روزی به بار بنشیند؛ اما آن‌قدر دنیای ما با هم فرق داشت که

---

۱. نماد شادی
۲. نماد عشق و احساسات قوی
۳. نماد صداقت
۴. نماد مهربانی خالص

تو هیچ‌وقت نتوانستی عاشقم شوی.

سرانجام نهال نوپای من در طوفان وهم‌آلود طردشدگی کج شد و از ریشه پوسید.

باغ کوچکم را ببین که امروز تمام نهال‌های اندوهش به بار نشسته است.

نامه‌ی چهاردهم

یک ماه از رفتنت گذشت...

امروز وقتی صفحه‌ی سیاه پروفایلت را دیدم، به‌قدری آشفته شدم که انگار روی بوم سفید دنیایم یک خروار زغال پاشیده باشند.

چطور می‌توانستم از غمی که در قلبم حس می‌کنم برایت ننویسم؟

احساس آلبرکامو[1] را دارم که در نامه‌ای برای معشوقه‌اش ماریا نوشته بود: «امروز از غلیان و از هم‌گسیختگی‌ای که در آن هستی متأثر شدم. امروز بیشتر از همیشه حاضرم بهترین داشته‌هایم را بدهم تا بتوانم تو را با تمام غمم ببوسم.»

تیزی غمت چنان بر دیوار قلبم چنگ می‌زند که وادارم می‌کند با تو تماس بگیرم؛ اما ترجیح می‌دهم احساس قلبی‌ام را نادیده بگیرم و از راه دور در غمت شریک شوم.

شاید بدترین تجربه‌ی یک انسان از دست دادن عزیزش باشد.

من خیلی خوب می‌توانم حال اکنونت را درک کنم عزیزم چون خودم در سوگواری تلخی هستم.

پایان یافتن ارتباطی که تمام عواطفت به آن گره خورده باشد، تجربه‌ای کمتر

---

[1]. Albert Camus : نویسنده،روزنامه نگار و فیلسوف فرانسوی

از مرگ نیست.

گذشته همچنان با من است و عذابم می‌دهد. سایه‌ی شومش روی تک‌تک لحظاتم افتاده است و حالم را تاریک کرده است. اصلاً قادر به دیدن آینده‌ام نیستم. هیچ نوری نمی‌بینم. همه‌جا تاریک است. غمم را از همه پنهان کرده‌ام. حتی پیش دوستانم وانمود می‌کنم که با واقعیت کنار آمده‌ام چون می‌ترسم آن‌ها هم از دستم خسته شوند و ترکم کنند.

غمی مالیخولیاگونه مرا ساعت‌ها روی تختم، بی‌رمق و فلج کرده است. در طول روز بی‌آنکه کاری کرده باشم، به شدت انرژی‌ام تحلیل می‌رود و خسته می‌شوم. به‌قدری احساس خلاء می‌کنم که انگار تمام وجودم را با عزیز از دست رفته‌ام دفن کرده‌ام. شب، قاتل خوابم شده است. شب، درد را به من تزریق می‌کند و داشتنت را در اعماق تاریکی‌ها پرت می‌کند. می‌خواهم بخوابم تا درد بیداری را کم‌تر بچشم؛ اما هر دمی که چشمانم را روی هم می‌گذارم تصاویر رفتنت را شفاف و واضح می‌بینم و در خواب هم بی‌اختیار اشک می‌ریزم.

تیک عصبی هم گرفته‌ام؛ پاهایم را مدام تکان می‌دهم و با دندان‌هایم گوشه‌ی ناخنم را تکه‌تکه می‌کنم. میلی به غذا خوردن ندارم، چون به اندازه‌ی کافی غم نبودنت را می‌خورم. وزنم به‌قدری کم شده که شبیه به یک اسکلت متحرک شده‌ام. احساس می‌کنم هر لحظه قرار است استخوان‌هایم نیز آب شوند.

ما هر دو سوگوار هستیم با این تفاوت که هیچ‌کس سوگواری مرا به رسمیت نمی‌شناسد. تو همچنان در این دنیا و در زندگی دوستان و عزیزانت هستی و کسی تو را از دست نداده است. این دنیای من است که دیگر در آن حضور فیزیکی نداری.

هیچ مراسمی برای تسلای خاطرم برگزار نمی‌شود. هیچ‌کسی برای تسلیت و همدردی به دیدنم نمی‌آید، درحالی‌که تک‌تک سلول‌هایم عزادارند.

حس می‌کنم دور انداخته شده‌ام. حس می‌کنم بود و نبودم هیچ فرقی برای کسی ندارد. من در مقابل این جهان بزرگ، گرده‌ای بیش نیستم. سرانجام روزی حتی دیگر همین گرده‌ی کوچک هم نخواهم بود. وقتی قرار است همه‌چیز نابود

و فراموش شود دیگر چه فرقی می‌کند من باشم یا نه. کاری را انجام دهم یا ندهم. اصلاً چرا هنوز زنده‌ام؟ چرا نفس می‌کشم؟ چرا هر روز برای رایان خیالی نامه می‌نویسم؟ من که هستم رایان؟ چرا هستم؟ اینجا چه می‌کنم؟ چرا باید ادامه دهم؟ تو دیگر برنمی‌گردی! رایان من دیگر رفته است!

دکتر می‌گوید برای بیرون آمدن از این حال و هوا باید پروزاک[1] مصرف کنم. پروزاک چه‌کاری از دستش بر می‌آید؟ آیا با آن می‌شود گذشته را عوض کرد؟

آیا داروهای ضدافسردگی معنای زندگی‌ام را به من برمی‌گردانند؟ می‌توانند کاری کنند که مرا دوست داشته باشی و دیگر ترکم نکنی؟!

تو خودت نمی‌خواستی که همدم روزهای سختت باشم؛ وگرنه بدون هیچ تقلایی در لحظه‌هایی از امروزت حضور داشتم. پس تماسم چه دردی را از من دوا خواهد کرد جز اینکه یادآوری کند مشترک موردنظر در دنیای شما نمی‌باشد.

---

۱. نام تجاری فلوکستین، یک داروی ضدافسردگی

نامه‌ی پانزدهم

خیال باطل من!

خوش‌به‌حال ابرهای بهاری که می‌توانند ببارند و سبک شوند. من گوله‌ای برفی و یخ‌زده در سرمای طاقت‌فرسای دلتنگی‌ام که اشک‌هایش را در خودش می‌ریزد.

تصورش را نمی‌کردم که روزی مجبور شوم از دوست مشترکمان بخواهم که هدیه‌ات را به دستت برساند.

از سپهر خیلی ممنونم که این کار را انجام داد. البته لباست را پیش خودم نگه‌داشتم. تا زمانی‌که این لباس پیش من است امید برگشتنت در قلبم نفس می‌کشد.

امروز بیشتر از هر روز دیگری حالم بد است.

زخمم عفونت کرده و میان من و دنیای بیرونم پینه‌های عاطفی شکل گرفته است.

تشخیص مرز رویا از حقیقت برایم به باریکی یک تار مو شده است؛ آن‌قدر باریک که گاهی فراموش می‌کنم نیمی از وجودم را در دریایی از خیال‌بافی‌هایم خفه کرده‌ام.

نمی‌دانم با این همه حسرت و آرزوهای تحقق نیافته‌ام چه باید بکنم. حسرت آن شبی که حالت خوب نبود و دوست داشتی با هم در بام تهران قدم بزنیم، به دلم مانده است. کاش می‌توانستم همراهت بیایم و تا صبح کنارت بمانم. یا آن شبی که اجرا داشتی و دوست داشتی باشم اما تهران نبودم و تا سه هفته هم ندیدمت و تمام آن سه هفته از دلتنگی و بی‌خوابی و گرسنگی مریض شدم و زیر سرم رفتم.

رایان جانم!

چقدر دوست داشتم یک‌بار با هم قهوه‌های کافه ویونای باغ فردوس را امتحان می‌کردیم.

یک‌بار با هم به دیدن آن نوازنده‌ی مو فرفری مشهوری که هر دو دوستش داشتیم می‌رفتیم و اجرایش را از نزدیک می‌دیدیم.

روزی‌که به دیدنم می‌آمدی، برایت خوشمزه‌ترین لازانیای دنیا را درست می‌کردم و تو عاشق دستپختم می‌شدی.

دلم می‌خواست ساعت‌ها با تو در اتوبان حقانی توقف می‌کردم؛ یک دل سیر نگاهت می‌کردم و یک ترافیک سنگین را با عشق می‌گذراندم.

شبی در کوچه پس‌کوچه‌های دربند، سرم را روی شانه‌هایت می‌گذاشتم و دفتر ترانه‌هایم را ورق می‌زدم.

کاش روزی به پل طبیعت می‌رفتیم و بعد روبروی آب‌نمای آب و آتش می‌نشستیم و با چشم‌هایمان با هم حرف می‌زدیم.

دوست داشتم در ازدحام بازار تجریش به خرید می‌رفتیم تا بیشتر با سلیقه‌ات آشنا شوم.

دوست داشتم در بالاترین نقطه‌ی برج میلاد درحالی‌که سفره‌ی شهر زیر پایمان پهن است، محو غوغای سکوت هم می‌شدیم، همدیگر را محکم در آغوش می‌کشیدیم و قول می‌دادیم تا لحظه‌ی مرگمان کنار هم باشیم.

کاش شبی با هم به تئاتر شهر می‌رفتیم.

تو محو تماشای نمایش می‌شدی و من ماتِ نحوه‌ی نگاه کردنت.

بعد از آن دست در دست هم، در خیابان‌های باران خورده‌ی ولیعصر قدم می‌زدیم و در طنین دلنشین باران با صدای بلند فروغ می‌خواندیم:

«آری آغاز دوست داشتن است

گرچه پایان راه ناپیداست

من به پایان دگر نیندیشم

که همین دوست داشتن زیباست»

روزهای رفته به کنار؛ من دلتنگ روزهایی هستم که هرگز نیامدند.

دلتنگ خاطراتی که هرگز فرصت ثبت شدن در ذهن را نداشتند.

دلتنگ لحظه‌هایی که پیش از تولد مردند.

نامه‌ی شانزدهم

هنرمند من!

امروز وقتی کلاویه‌ها را لمس می‌کردم، با نواختن نوکتورن[1] شماره دو از آهنگساز محبوبت شوپن نت به نت گلویم از بغض سنگین و سنگین‌تر می‌شد.

نوازندگی دیگر برایم سخت‌ترین کار دنیا شده است. نمی‌توانم پشت سازم بنشینم و لحظه‌ای تراژدی رفتنت را به یاد نیاورم. فکرت راحتم نمی‌گذارد.

یاد اجرای سال گذشته‌ام می‌افتم که چقدر استرس داشتم.

وقتی زنگ زدم و نگرانیم را با تو در میان گذاشتم، از خاطره‌ی اولین تجربه‌ی اجرایت روی صحنه گفتی که چقدر استرس داشتی و می‌ترسیدی.

با شنیدن صدای مهربانت و دلگرمی هایت، قلبم آرام گرفت و تصمیم گرفتم زمان باقی‌مانده را بیشتر به تمرین کردن بگذرانم.

روز اجرا با دیدنت، تک تک سلول‌های بدنم، ساز آرامش می‌نواختند.

آن لحظه به خودم قول دادم که بهترینم را ارائه دهم.

حضور تو برای من بهترین دلگرمی دنیا بود.

لحظه‌ای که می‌خولستم روی صحنه بیایم، رو به همه گفتی: «دلسا هنرمند منه!»

---

۱. قطعه‌ای موسیقی که براساس سنتی اروپایی برای نواختن در شب ساخته شده‌است.

آن لحظه در پوست خودم نمی‌گنجیدم.

یک شب بی‌نظیر دیگر در کنار تو سپری شد و این‌که از نظر تو توانسته بودم اجرای خیلی خوبی داشته باشم، بی‌نهایت خوشحالم کرده بود.

رایان جان من! عزیز من!

سه ماه است که تلاش می‌کنم با قطرات اشکم، لکه‌های اندوهی که شیشه‌ی نازک قلبم را مکدر کرده است بشویم و جلا بدهم.

سه ماه است که به توصیه‌ی دکترم عمل می‌کنم و احساسات و خاطراتم را می‌نویسم. او می‌گوید با این کار ذهنم از سموم گذشته پاک می‌شود و کم کم حس سبکی و آرامش را تجربه می‌کنم. او مدام بر این نکته اصرار می‌کند که چال‌کردن احساسات، تنها فرایند سوگواری را طولانی‌تر می‌کند.

درست است که نسبت به سه ماه گذشته از آن شوک اولیه و وحشتناک بیرون آمده‌ام، اما همچنان طفل بی‌پناه درونم فریاد می‌کشد و تمنای در آغوش کشیده شدن دارد.

جای خالی‌ات که تمام من است درد می‌کند...

همه‌چیز در مقابل چشمانم رنگ باخته و به رنگ آسمان شب مبدل شده است. به رنگ چشم‌های تو... به رنگ موردعلاقه‌ی تو.

امروز در این نقطه‌ای که ایستاده‌ام نه همکارت، نه هنرجویت و نه دوستت هستم؛ اما هنوز نسبت کوچکی با تو دارم...

«دلتنگت هستم.»

آن‌قدر دلتنگم که گستره‌ی جهان قلبم تنها به اندازه‌ی تو گنجایش دارد.

نیستی که تمریناتم را ببینی، ترانه‌هایم را بخوانی و آهنگ‌هایی با مضمون حرف‌های دلم را گوش دهی.

دیگر از آهنگ هایت، همکاری‌های تازه‌ات، اضطراب و نگرانی‌هایت به من چیزی نمی‌گویی.

دیگر عکس‌های بعد از اجرایت را نمی‌فرستی و نظرم را نمی‌پرسی.

امشب شب تولدم است و خوب می‌دانم که تو دیگر با اولین پیغام تبریکت،
مرا به آغوش ابرها نمی‌سپاری.

نامه‌ی هفدهم

عزیز جان من!

هربار که با تو حرف می‌زدم، بازگشت روح عشق به کالبد وجودم را احساس می‌کردم.

آن‌قدر تصویر ساختگی ذهنم قدرتمند بود که چهره‌ی حقیقت را زیر نقاب تخیالتم پنهان می‌کردم و نمی‌توانستم آن را به درستی ببینم.

با اینکه حرف‌هایمان را زده بودیم اما نتوانستیم با هم مثل دوتا دوست باشیم.

همچنان به رابطه‌ی نصف‌ونیمه‌ی عاطفی‌مان ادامه دادیم و این آغاز ویرانی بود.

تو با پیام‌های گرمت، ماکتی از بهشت را نشانم می‌دادی و به محض اینکه می‌خواستم آن بهشت خیالی را باور کنم، تا چند شب ناپدید می‌شدی و مرا در جهنم اضطراب‌ها و دلتنگی‌هایم می‌سوزاندی.

حرف زدن با تو آن‌قدر برایم لذت‌بخش بود که همه‌ی دلخوری‌هایم را به ظاهر از حافظه‌ام پاک می‌کرد. اما به محض بی‌توجهی دوباره‌ات ناراحتی‌هایم با تمام قوا یکه‌تازی می‌کردند.

البته می‌دانستم مدتی است که از لحاظ جسمی و روحی وضعیت خوبی

نداری؛ برای همین هر روز برای حال خوبت دعا می‌کردم و سعی می‌کردم درکت کنم.

گفتگوهایمان را در این نامه هم ثبت می‌کنم تا فراموش نشوند.

شبی با کوله‌باری پر از دلهره و آشفتگی پیام دادم:

«رایان! عزیزم! خودت خوب می‌دونی که من همیشه خواستم حالتو خوب کنم و همیشه خواستم آدم مثبتی باشم ولی یه وقتایی منم حق دارم غمگین و دلخور و خسته باشم.

هفته‌ی گذشته بهم گفتی دچار اضطراب شدیدی هستی؛ کار و مشکلات مالی داره بهت فشار میاره و منم همه‌ی این مسائل رو درک می‌کنم عزیزم و حاضرم برای حل شدنشون هرکاری که از دستم بر میاد برات انجام بدم، اما من احساس می‌کنم بابت موضوع دیگه‌ای از من فاصله می‌گیری.

رایان من حالم خوب نیست. چون نمی‌دونم کسی که نگرانش میشم، هنوز نگرانم میشه یا نه، کسی که دوسش دارم هنوزم دوسم داره یا نه!

اگه به هر دلیلی می‌خوای بری بهم بگو، خودم میرم. چون نمی‌خوام شخصیتمو زیر بار دوست داشتن له کنم. ولی اگه این‌طور نیست، من بازم سعی می‌کنم بفهممت و کمکت کنم.»

بعد از دو روز پیام دادی: «سلام عزیزدلم، الهی فدات شم، قربونت برم، امروزم نمی‌رسم ببینمت!»

از شدت غمی که در دلم احساس می‌کردم نمی‌توانستم آن لحظه چیزی بگویم.

روز بعد که کمی بهتر شده بودم پیام دادم:

«خیلی دلم برات تنگ شده رایان!»

−«ای جونم. خوبی؟»

−«آره عشقم تو خوبی؟»

پاسخی ندادی...

ادامه دادم: «رایان! یه سوال ازت دارم. تو وقتی حالت خوب نیست دوست داری تنها باشی؟»

-«آره معمولاً.»

-«کاش اینو بهم می‌گفتی.»

-«ببخشید دلسا! یه عکس بده ببینمت.»

-«درسا خوابه. می‌ترسم بیدار بشه. تو بفرست اگه می‌تونی.»

-«باشه.»

-«چرا چشمات تو عکس نمی‌خندن؟ ... دلم می‌خواد زودتر همه‌چی درست بشه.»

-«درست میشه. یکم باید صبرمو بیشتر کنم.»

-«رایان فردا بعد از کلاسم بریم بام قدم بزنیم؟ شاید بهتر شدیم.»

-«بهت خبر می‌دم عزیزم.»

-«باشه. در هر دو حالتش بهم خبر بدیا!»

-«باشه جیگر.»

-«انقدم خودتو ناراحت نکن که هی من غصه بخورم.»

-«چشم. تو هم همینطور. خیلی مراقب خودت باش.»

-«عزیزم تو هم خیلی مراقب خودت باش.»

دو روز گذشت و حدس می‌زدم که خبری ندهی. گوشی‌ام را خاموش کردم و چون ابر بهار گریستم. از خدا خواستم خودش راهی را نشانم بدهد و مرا از این باتلاق مرگ نجات دهد.

یک‌روز گرم می‌شدی و یک قدم جلوتر می‌آمدم، روز دیگر سرد می‌شدی و قدم‌هایم را آهسته‌تر برمی‌داشتم. همین گرم و سرد شدن‌ها چون گردبادی تند، روانم را بهم ریخته بود. من در برزخ وحشتناکی گیر افتاده بودم و گمان

می‌کردم هیچ راه نجاتی ندارم.

تمام وجودم درد می‌کرد و عضلاتم منقبض شده بودند. مثل سیگار معتادت بودم و خودم می‌دانستم چقدر رابطه‌مان سمی و کشنده شده است؛ اما دیگر استیل کولین[1] مغزم ترشح نمی‌شد و تنها با نیکوتین صدای تو آرام می‌گرفت. شاید برای همین بود که هرچه بیشتر فاصله می‌گرفتی، نیازم به تو بیشتر و بیشتر می‌شد و لعنتی عزیزم این تلخ‌ترین اعتراف زندگی‌ام است.

هنگامی که گوشی‌ام را روشن کردم بی‌آنکه اصلاً برایت مهم باشد که چه بر سر من آمده پیغام داده بودی:

–«دلسا بیداری عزیزم؟»

انگار نه انگار که مرا در زمهریر انتظار منجمد کرده‌بودی. هر هفته کلاسمان را به بهانه‌های مختلف کنسل می‌کردی و پاسخ تماس‌هایم را هم یکی در میان می‌دادی.

به‌قدری از دستت عصبانی بودم که نمی‌توانستم سریع جوابت را بدهم. تصمیم گرفتم یک‌بار مثل خودت رفتار کنم تا ببینی بی‌تفاوتی چه درد جانسوزی دارد!

همان‌طور که حدس می‌زدم از اینکه فقط چند ساعت جوابت را نداده بودم، دلخور شده بودی. چطور انتظار داشتی رفتاری را که خودت یک لحظه هم نمی‌توانستی تحمل کنی، من تحمل کنم؟

از آنجا که طاقت ناراحتی‌ات را نداشتم، زنگ زدم و به جای خودت عذرخواهی کردم و گفتم که هفته‌ی دیگر باید همدیگر را ببینیم.

تو هم گفتی: «چشم عزیزم. حتماً.»

مزه‌ی دوست داشتنت در آینه‌ی رابطه‌مان تار شده بود. بوی تند رفتنت از راه دور به گوش می‌رسید و هر لحظه صدای تلخ قدم‌هایی که از من دور می‌شدند را می‌چشیدم. حواس پنج‌گانه‌ام را پاک به هم ریخته بودی.

آن‌قدر تماس گرفتم تا آن گوشی لعنتی‌ات را برداری:

---

۱. Acetylcholine: اولین انتقال دهنده‌ی عصبی کشف شده

–«بله دلسا! بله؟»

–«رایان؟ پس کجایی؟ کی می‌رسی؟»

–«من تهران نیستم.»

–«چی؟! پس چرا دو روز پیش که با هم صحبت کردیم بهم نگفتی؟»

–«خب امروز که جوابی ندادم باید خودت می‌فهمیدی دیگه.»

–«یعنی نباید یه خبر می‌دادی؟ دو روزه جوابمو نمی‌دی!»

–«خب همش درگیر کار و کلاسام بودم دیگه. اصن چرا اینقدر زنگ می‌زنی؟ کاری نداری؟»

–«رایان؟!...»

–«خواهش می‌کنم. خدانگهدار.»

چند لحظه بعد، از پشت تلفن، نُت سیاهِ سُل–دیِز در ریتم دو–چهار تکرار می‌شد و نوازنده‌ی غمگینی در گلویم هق‌هق‌گریه‌هایم را می‌نواخت.

حس خشم همچون میخ‌های زنگ‌زده‌ای در سرم کوبیده می‌شد، پاهایم می‌لرزیدند، دندان‌هایم به هم می‌خوردند و چنان بغض سنگینی راه نفسم را بسته بود که انگار سنگ بزرگی را درسته قورت داده باشم. این غول دوسر همان شاهزاده‌ای بود که من هر شب از خدا آرزویش را داشتم؟ چقدر آن لحظه تو را غریبه یافتم. تو همانی نبودی که روز اول ملاقاتش کرده بودم. آن کسی که من دوستش داشتم ناگهان در کدام روز از تقویم سال، بی‌خداحافظی کوله‌بارش را بسته بود؟

چهار هفته‌ی مرگباری گذشت. هوا کم‌کم سرد می‌شد. باد، سر درختان را شانه می‌کرد و برگ‌ها یکی‌یکی سقوط می‌کردند و زیر پای عابران له می‌شدند. ابرهای سیاه آبانی، می‌باریدند و اشک‌هایم را با اشک‌هایشان می‌شستند. هرچند که بر اساس زمان سیاره‌ی زمین یک‌ماه از رفتنت می‌گذشت؛ اما به زمان قلب من یک قرن گذشته بود. آن‌قدر در غصه خوردنت زیاده‌روی می‌کردم که چشمان اشتهایم تقریباً کور شده بودند. هر زمان که تلاش می‌کردم بخوابم، فیلم کوتاه

بوسه‌هایت روی پرده‌ی ذهنم اکران می‌شد. با تپش قلب و استرس شدیدی از خواب می‌پریدم، با عرقی سرد، سرم را روی بالش بیداری‌ام می‌گذاشتم و تا صبح دیوار اندوهم را تماشا می‌کردم. دچار گلودرد و آنفولانزای وحشتناکی شده بودم. من از تب و سردرد به خود می‌پیچیدم، تو هر روز از خودت کنار ساحل و دریا عکس می‌گذاشتی.

جهان قبل از تو را به کلی فراموش کرده بودم. فراموش کرده بودم که قبل از تو هم می‌خندیدم، می‌نواختم، شعر می‌سرودم، فروغ می‌خواندم، قبل از تو هم زندگی می‌کردم. اما هرکس که تلاش می‌کرد این‌ها را به من یادآور شود، از نظر من تنها جملات بیهوده‌ای را نشخوار می‌کرد.

کسی که حافظه‌اش را در حادثه‌ی عشق از دست داده باشد، به سختی پیش از آن را به خاطر می‌آورد.

فقط می‌خواستم برگردی. مهم نبود چه به روزم آورده بودی. بیشتر از این تحمل دوری‌ات را نداشتم. با امید برگشتنت یک‌ماه پر از درد و استرس و بیماری را تحمل کرده بودم.

راستی رایان! به خاطر داری که از چه تاریخی دیگر دلتنگم نشدی؟

«می‌خواهم تاریخ مرگم را بدانم!»

نامه‌ی هجدهم

عزیز دل‌سنگ من!

عصر آن سه‌شنبه‌ی بارانی را به یاد دارم. بعد از یک‌ماه دوری بار دیگر اسم قشنگت روی صفحه‌ی گوشی‌ام افتاده بود! ناباورانه، انگار که معجزه‌ی عظیمی رخ داده باشد، تا چند دقیقه به پیامی که داده بودی چشم دوختم و حتی قادر به ادای یک کلمه هم نبودم.

می‌دانستم که این تصویر اصلاً برازنده‌ی من نیست اما به قول سوزان اندرسون:

«ترک عشق شبیه به ترک هروئین است.»

به‌قدری وابسته‌ات شده بودم و خودم را در مقابل دوست داشتنت، تنها و بی‌دفاع می‌دیدم که نمی‌توانستم خودم مسئولیت پایان دادن به این رابطه‌ی مسموم را به عهده بگیرم.

درحالی‌که تمام استخوان‌هایم از شدت سرما و اضطراب می‌لرزیدند، با تو تماس گرفتم. بالاخره شماره‌ام را از لیست مزاحمینت درآورده بودی! مدام صدای آخرین باری که با هم صحبت کردیم، در گوشم می‌پیچید و تصویر احساس آن روزم، در لباس یک سرباز خشمگین و افسرده، در مقابل چشمانم رژه می‌رفت.

با بوق پنجم، گوشی را برداشتی و این‌بار با خوش‌رویی و لحنی گرم، سلام کردی و حالم را پرسیدی.

-«ممنونم رایان. خوبم.»

حتی کوچک‌ترین اشاره‌ای هم به آنچه که بر من گذشته بود نکردم. همان‌طور که شب نمی‌توانست همزمان با روز باشد، تمام دلخوری‌ها و ناراحتی‌های من هم نمی‌توانستند با شنیدن صدای تو، اظهار وجود کنند. همه‌ی دردهای من تا قبل از شنیدن صدایت در اتاق قلبم، نفس می‌کشیدند. صدای تو هوا را از غصه‌هایم می‌گرفت و خفه‌شان می‌کرد.

اما احساسی از درون، نامم را فریاد می‌زد و از من خواهش می‌کرد حرفی بزنم:

«رایان اون روز که گوشیتو روم قطع کردی خیلی ناراحت شدم؛ کارت درست نبود عزیزم.»

-«تو هم خیلی زنگ می‌زدی.»

-«برای اینکه باید بهم خبر می‌دادی که نمیای. یه پیام، چند ثانیه بیشتر وقتتو نمی‌گرفت...»

-« خیلی خب باشه. فهمیدی اجرام دو هفته عقب افتاده؟ میای دیگه؟»

-«آره. میام... راستی رایان! هنوز حرفامو یادت هست؟»

-«دلسا من واقعاً دلم می‌خواست؛ ولی دیدم این مدلی و با این شرایط نمی‌تونم ادامه بدم. الانم دارم با یه نفر جور میشم. اون اگه بفهمه ناراحت میشه. ما فقط می‌تونیم دوتا دوست معمولی باشیم. دوتا دوست خوب...»

برای چند ثانیه دستان سکوت جلوی دهانم را محکم گرفت؛ طوری که احساس خفگی می‌کردم. صدایم را صاف کردم و با خنده‌های مصنوعی گفتم:

«عه! مبارکه! خیلی تبریک می‌گم بهت. شیرینیش رو کی می‌دی؟»

-«به تو باید خرما بدم البته.»

-«آره. حلواش هم واسم بیار. یادت نره‌ها!»

-«الان خوبی دِلسا؟»

-«من؟ آره بابا. عالی‌ام. خیلی حالم خوبه. خیلی خوشحالم. خیلیییی...»

-«باشه دلسا. می‌بینمت. تمریناتو فراموش نکن. مواظب خودت باش. خدافظ.»

-«...»

روبروی چشم من حادثه‌ای غمگینه

سهم من از وقتی که از تمام بودن اینه

من دارم با همه‌ی خاطره‌ها می‌جنگم

بغضی تو گلومه که روی هزارتا مینه

نامه‌ی نوزدهم

عزیز من!

شبی که بعد از یک‌ماه دوباره با هم‌کلاس داشتیم را فراموش نمی‌کنم. برایت یک نامه نوشته بودم. فکر می‌کردم اگر از احساساتم برایت بنویسم همه‌چیز درست می‌شود.

باید حدس می‌زدم که ممکن است در این مدت با کسی آشنا شده باشی؛ هرچند که من هم با یکی از دوستانت آشنا شده بودم، اما از این آشنایی هیچ قصدی نداشتم و هیچ احساسی در کار نبود.

شاید می‌خواستم به نوعی لج تو را دربیاورم. در آن زمان به‌قدری حالم بد بود که برای چند دقیقه فراموشی حاضر بودم با هر مردی بیرون بروم.

وقتی این موضوع را فهمیدی گفتی که با هم بی‌حساب شدیم. اما کاری که تو با من کردی با کار من خیلی متفاوت بود.

هنگام صحبت کردن به چشم‌هایم خیره شدی و بعد لبخند زدی. از همان لبخندهایی که چشم‌هایت هم با لب‌هایت می‌خندیدند و ذوق می‌کردند. از همان‌هایی که برایت ضعف می‌کردم و قند در دلم آب می‌شد. در دلم گفتم که واقعاً چرا این‌همه دوست داشتن مرا نمی‌بیند؟!

آن حجم از احساس من در فنجان کوچک درک تو جای نمی‌گرفت عزیزدلم.

یادم است آن شب بعد از خداحافظی‌مان آن‌قدر گریه کردم تا خواب به زور چشمانم را بست. درست است که تو خواسته‌هایت را از یک رابطه گفته بودی و خودم بودم که اصرار کردم تا زمانی‌که ایران هستم با هم رابطه‌ی عاطفی داشته باشیم، اما تو هم قبول کردی. بعد از آن هم حرف را پس گرفتی و وانمود کردی که اصلاً چنین حرفی را نزدی. به من گفتی که باید خودم از رفتارهایت می‌فهمیدم که کنار کشیدی و حتماً نباید همه‌چیز را به زبان آورد.

دو هفته گذشت. وقتی فهمیدم کسی در زندگی‌ات نیست خیلی خوشحال شدم. از فکر اینکه یک نفر دیگر تو را لمس کند، شب‌ها خواب نداشتم. دلم برایت تنگ شده بود، حتی وقتی که روبرویم نشسته بودی.

برایت دمنوش بابونه درست کرده بودم. زیر چشمی نگاهم کردی و گفتی:

«یه چیزی توش ریختی. گفتی بخوره بمیره راحت شم از دستش.»

-«باهوشیا! از کجا فهمیدی؟»

رایان! این انصاف نبود. تو آن شب خیلی شیرین بودی. تازه فهمیدم چقدر دوستت دارم. نمی‌توانستم تو را از دست بدهم. از دستت عصبانی بودم اما نمی‌توانستم با دیدن صورت ماهت عصبانی بمانم.

دوستان عیب کنندم که چرا دل به تو دادم

باید اول به تو گفتن که چنین خوب چرایی

شمع را باید از این خانه به در بردن و کشتن

تا به همسایه نگوید که تو در خانه‌ی مایی

گفته بودم چو بیایی غم دل با تو بگویم

چه بگویم که غم از دل برود چون تو بیایی

عشق و درویشی و انگشت‌نمایی و ملامت

همه سهل است تحمل نکنم بار جدایی

ببین جناب سعدی چقدر زیبا حرف‌های دلم را زده است!

از همان‌لحظه شانس دیگری به رابطه‌مان دادم.

تو را محکم در آغوش گرفتم و بار دیگر همه‌ی دلخوری‌های ریز و درشتم را در اقیانوس آرام تو حل کردم. اما این آغوش دوباره، بهای سنگینی داشت...

وقتی که گفتی تو هم به رابطه‌مان فکر می‌کنی، امیدوار شدم. فکر می‌کردم این‌بار دیگر همه چیز متفاوت است.

اما تنها روزهایی که با هم کلاس داشتیم همه‌چیز خوب بود. در طول هفته هیچ حرف خاصی نمی‌زدیم. پیام‌هایم را یکی در میان جواب می‌دادی و وقتی ابراز ناراحتی می‌کردم اهمیتی نمی‌دادی و باز هم تکرار می‌کردی.

آن روزها اشتهایم به شدت تحریک شده بود. تلاش می‌کردم گرسنگی عاطفی‌ام را با کوکی‌های شکلاتی برطرف کنم.

خیلی سخت است که عشقت بی‌پاسخ بماند، اما از آن سخت‌تر این است که گاهی زیر کرسی توجه معشوقت گرم شوی و گاهی هم در یخبندان بی‌توجهی‌اش قندیل ببندی.

انتظار کشیدن یا فراموش کردن عمیقاً دردناک است، اما اینکه در یک برهه‌ی زمانی محبوس شوی و ندانی باید انتظار بکشی یا فراموش کنی زجرآور است.

از ناراحتی زیاد موهایم را کوتاه کردم و با خودم گفتم که چه فرقی به حال او دارد که موهای من کوتاه باشد یا بلند؟!

روز کلاسمان با تعجب و اخم نگاهم می‌کردی؛ انگار که می‌خواستی اعتراضی کنی.

من قربانت شوم که با اخم کردن هم جذاب می‌شدی!

با ناراحتی گفتم: «چیزی شده؟»

ـ«حرف نزن. از دستت عصبانی‌ام.»

ـ«چرا آخه؟ کدوم حرفم ناراحتت کرده؟»

ـ«موهاتو کوتاه کردی. به منم هیچی نگفتی که می‌خوای کوتاه کنی. می‌دونستی من خوشم نمیاد. ولی این کار رو کردی.»

ـ«فکر نمی‌کردم دیگه برات مهم باشه. تازه همه می‌گن خیلی بامزه شدم.»

ـ«بامزه شدی؟ اصلاً هم این‌طور نیست. حالا یک‌سال طول می‌کشه تا موهای قشنگت دوباره بلند شن»

چند لحظه بعد درسا وارد اتاق شد و برایمان دمنوش بابونه آورد.

وقتی در را بست نگاهم کردی و گفتی: «چرا تو برام درست نکردی؟»

با تعجب گفتم: «چطور مگه؟»

با لحن آرام و همیشگی‌ات گفتی: «آخه وقتی با دستای تو باشه تو باشه خوشمزه‌تر میشه.»

با اینکه در ظاهر سکوت کرده بودم اما در دلم هزار سوال بی‌پاسخ داشتم که باید می‌پرسیدم.

آن شب به طور موقت لباس عزا را از تن امیدم درآوردم و برایش جشن کوچکی گرفتم.

رایان! فکر می‌کردم وقتی این حرف‌ها را می‌زنی حتماً مرا دوست داری. نمی‌دانستم روزی می‌رسد که وقتی می‌گویم اصلاً مرا دوست داشتی یا نه راحت بگویی که من فقط از تو خوشم می‌آمد، همین!

اتفاقاً الان که دارم این نامه را برایت می‌نویسم، یک فنجان دمنوش بابونه هم روی میزم است. تو نیستی که به خاطر سر درست کردنش با درسا دعوا کنم. از آخرین‌باری که همدیگر را دیدیم موهایم خیلی بلندتر شده است. اما تو دیگر نیستی که ببینی....

من مانده‌ام در جهانی بدون تماشاگر.

نامه‌ی بیستم

هنوز هم وقتی آخرین پیغام‌های صوتی تو را گوش می‌کنم، ظرف چشم‌هایم از اشک لبریز می‌شود. تو کجای قلب مرا نشانه گرفتی که خوب نمی‌شود؟ انگار خونریزی عاطفی‌ام قصد بند آمدن ندارد.

حرف‌هایت را در دفترچه‌ی خاطراتم نوشته‌ام. بیشتر از صدبار خواندمشان:

«سلام عزیزم. نمی‌دونم از کجا شروع کنم، اصن چه‌جوری بگم. از همین حرفای کلیشه‌ای که همه می‌زنن با این تفاوت که من ادا در نمیارم. راست یا دروغشو می‌سپارم به تو. هرجور که دوست داری برداشت کن.

تو واقعاً دختر خوبی هستی. شاعری، نوازنده‌ای، صدای قشنگی داری و در کل باید بگم که آدم موفقی هستی. من واقعاً لذت می‌برم. از همه مهم‌تر اینه که به نظرم تو می‌تونی همدم خیلی خوبی برای یه مرد باشی، ولی دلسا یه موانعی این وسط هست که نمی‌شه.

من سبک زندگیم با تو خیلی متفاوته. نمی‌خوام هیچ قضاوتی بکنم و بگم مال تو بده و مال من خوبه؛ اصلاً این‌طور نیست. هرکی مدل خودشو داره. اسمشو هرچی دوست داری بذار. دختربازی، ازدواج سفید... نمی‌دونم... اما من این‌جوری راحتم.

اگه یه دختر معمولی بودی برام اینا رو بهت نمی‌گفتم. با احساساتت بازی

می‌کردم. بالاخره یه‌بار گولت می‌زدم، استفادمو ازت می‌کردم و بعد می‌رفتم دیگه. ولی این کارو نکردم چون گفتم دختر خوبی هستی. نباید با احساساتت بازی بشه. واسه همین کشیدم کنار.

الان شاید فک کنی خیلی ریلکسم و راحت دارم این حرفا رو بهت می‌زنم ولی باور کن از درون ناراحتم. چون تو واقعاً شریک و همدم خیلی خوبی می‌تونستی باشی ولی زمانی که من بخوام ازدواج کنم که خب قصد من این نیست؛ اما نمی‌خوام تو رو به عنوان یه دوست توی زندگیم از دست بدم. من از احساس تو باخبرم. از مهربونیات باخبرم. می‌دونم که لطف داری به من. تو خیلی خوبی و منم اصلاً نمی‌خوام شخصیتی مثل تو رو از خودم برنجونم.

می‌دونم خودخواهیه ولی دلم می‌خواد حتی اگه از ایران رفتی و با کسی وارد رابطه شدی بازم منو توی قلبت داشته باشی. منو دوست داشته باشی.

همین دیگه. ببخشید وقتتم گرفتم. شبت بخیر....»

همیشه امید داشتم به روزی که تصمیمت عوض شود و من تبدیل به عشق زندگی‌ات شوم.

تا زمانی‌که با هم در ارتباط بودیم هرگز نتوانستم از برزخ دوست داشتنت رها شوم. حتی روزی که گفتی دنیایمان باهم فرق دارد. هیچ‌چیز تغییر نکرد. نه احساس من و نه شیطنت‌های تو.

تو می‌دانستی ضامن احساسم دقیقاً در کدام نقطه از قلبم نهفته است. تو درست روی همان نقطه دست می‌گذاشتی و ضامن را می‌کشیدی.

من باید از خط قرمزهایم می‌گذشتم تا همان کسی شوم که می‌خواهی؛ اما هرچقدر با خودم کلنجار رفتم نتوانستم. این موضوع باعث شد تا بی‌ارزشی در وجودم ریشه بزند و احساس کنم خود واقعی‌ام، کسی که دوستش دارم را از من دور می‌کند و فراری‌اش می‌دهد. روزی که با تو قرار گذاشته بودم تا هدیه‌ی تولدت را بدهم، ساعت‌ها منتظرم گذاشتی و پاسخ هیچ‌کدام از تماس‌ها و پیغام‌هایم را ندادی. امیدم که تنها غنچه‌ی کوچکی از آن باقی مانده بود در انتظار بهار پیغامی از تو پژمرد. وقتی احساسم را با تو در میان گذاشتم

تا کدورتی باقی نماند، با خنده گفتی که درس عبرتی شد تا دیگر با تو قرار نگذارم. با این حرف حالم را بدتر کردی و روی زخمم بیشتر نمک پاشیدی. حس کردم یک شکست خورده‌ام. قلبم نشکست. تکه تکه شد. آتش گرفت. خاکستر شد.

بی‌احترامی تو باعث شد که خودم را تنبیه و سرزنش کنم. خودم را مقصر همه‌چیز بدانم. باعث شد فکر کنم به اندازه‌ی کافی خوب نیستم، به اندازه‌ی کافی دوست داشتنی و خواستنی نیستم و چنین رفتارهایی حقم است. هیچ‌وقت تو را نمی‌بخشم. هیچ‌وقت...

پیام‌های صوتی مرا یک خط در میان می‌شنیدی. بدون خداحافظی از صفحه‌ی چتمان خارج می‌شدی و چند روز بعد پیام‌هایم را باز می‌کردی، اما اصلاً بابت رفتارهای آزاردهنده‌ات عذرخواهی نمی‌کردی و اگر من این کار را با تو می‌کردم ناراحت می‌شدی.

دیگر حتی به عنوان یک دوست هم کنارم نبودی.

ولی آهنگی که می‌خواستم برای دوستم کاور کنم را یاد ندادی چون به قول خودت نمی‌خواستی در دل دوست‌های پسرم جا شوم....

و باز هم می‌خواستی دمنوشت را خودم درست کنم تا خوشمزه‌تر شود....

تو فقط دوست داشتنم را می‌خواستی بدون اینکه خودت قصد این کار را داشته باشی.

خودت هم به خودخواه بودنت اعتراف کردی.

بدون اینکه مسئولیت رفتارهایت را به عهده بگیری به راحتی گفتی که ما رابطه‌ای نداشتیم که حالا این‌گونه محکومم می‌کنی. گفتی که ما فقط مدتی به هم فرصت دادیم. همین.

فرصت دادن دوباره فقط احساس مرا بیشتر کرد و چقدر خونسرد در جواب حرفم گفتی که فکر نمی‌کنی این دیگر تقصیر من نیست و به من ربطی ندارد!...

فکر می‌کردم وقتی نسبت به دوستان اجتماعی‌ام حساسیت نشان می‌دهی

حتماً برایت مهم هستم.

جلوی من از خانم‌های دیگر تعریف می‌کردی و می‌گفتی که هیچ‌چیزی بالاتر از برانگیختن حسادت زنانه نیست. برانگیختن حسادت من و دست گذاشتن روی نقطه ضعف‌هایم چه سودی برایت داشت؟

شاید از این طریق حس غرور و خودخواهی و خودشیفتگی‌ات را شارژ می‌کردی.

شاید لذت می‌بردی از اینکه تردیدها و میل عاطفی‌ام را تحریک کنی و مرا در حالت تمنا و خواستنت نگه داری.

بازی کردن با احساسات یک نفر فقط به این معنا نیست که با او قول و قراری بگذاری و بعد فریبش دهی. از احساسم باخبر بودی اما گاهی رفتارهایی نشان می‌دادی که باز امیدوار شوم. نه می‌خواستی با من باشی نه می‌گذاشتی ترکت کنم. نه عمیقاً دوستم داشتی و نه اجازه می‌دادی کس دیگری را دوست داشته باشم. هر وقت هوس می‌کردی یا وقت و حوصله داشتی به سمتم می‌آمدی و باز تا چند روز ناپدید می‌شدی.

قلب آدم‌ها عروسک نیست که با آن بازی کنیم.

ما در قبال بذر احساسی که در باغچه‌ی دل آدم‌ها می‌کاریم مسئولیم.

نمی‌خواهم بگویم این‌ها را از روی عمد انجام می‌دادی، اما این چیزی بود که من با آن روبرو بودم.

دیگر نمی‌توانستم تب شدید روحم را تحمل کنم. من خسته شده بودم؛ از کسی که هر وقت مرا می‌دید با احساس به چشم‌هایم خیره می‌ماند، اما وقتی که از من دور می‌شد پاسخ تماس‌هایم را هم به زور می‌داد. خسته شده بودم از حرف‌های پوچ و توجیهات غیرواقعی و خودخواهانه‌اش که فقط تلاش می‌کرد مرا درگیر دوست داشتنش کند، بی‌آنکه خودم را بخواهد. خسته شده بودم از اینکه همیشه در مقابل اشتباهاتش مقاومت می‌کرد و هرگز آن‌ها را نمی‌پذیرفت. خسته شده بودم از اینکه مدام چراغ توجهش را خاموش و روشن می‌کرد و فقط به وقت آزاد خودش سراغم را می‌گرفت، نه به وقت دلتنگی‌های من....

در ذهنم جنگی عظیم و خشونت‌بار برپاست.

حس می‌کنم این ضربه‌ی روحی، چنان عمیق است که تمام زخم‌های کهنه‌ام سر باز کرده است.

فکر می‌کردم فراموششان کرده‌ام؛ اما انگار تنها مدتی دردهایم را با مسکن حضور تو ساکت کرده و آن را به دست ناخودآگاهم سپرده بودم.

زخم‌های طردشدگی روی هم تلنبار شده‌اند.

شاید یکی از دلایلی که نمی‌توانستم ارتباطم را با تو قطع کنم ترس از مواجه شدن با احساسات سرکوب شده‌ی قدیمی‌ام بود.

احساس می‌کنم زخم‌های قدیمی چرک کرده‌اند و دیگر هیچ مسکنی اثربخش نخواهد بود.

نامه‌ی بیست و یکم

رایان عزیز!

شش‌ماه است که رفته‌ای. تمام این شش‌ماه مدام در گرداب انکار و چانه‌زنی و خشم و افسردگی و پذیرش چرخیدم.

هرچند که بعد از تخلیه‌ی احساساتم خیلی سبک‌تر شدم اما خشم و نفرت زیادم به شکل حمله‌های عاطفی و مخرب بروز پیدا کرده و همین باعث شده است که بسیار حساس و زودرنج شوم. کوچک‌ترین جر و بحثی اشکم را در می‌آورد. به همه پرخاش می‌کنم و به شدت عصبانی می‌شوم؛ اما سعی می‌کنم خودم را کنترل کنم و از انرژی خشمم برای کارهای مثبتی که به نفع خودم است استفاده کنم.

باید بپذیرم که طردشدگی تجربه‌ای بسیار تلخ و غم‌انگیز است که سیستم دفاعی بدنم را تحریک کرده، خاطرات عاطفی قدیمی را نیز دوباره فعال کرده و نیازم به تو را به طرز ناراحت‌کننده‌ای بیشتر کرده است!

درست است که نمی‌توانم حوادث تلخ گذشته را تغییر دهم اما می‌توانم آن را بپذیرم و با تمام وجود دردش را حس کنم، اندوهش را لمس کنم و برای این فقدان غصه بخورم. شاید این‌گونه بتوانم برای اولین‌بار به طور کامل در لحظه زندگی کنم.

پس تصمیم گرفتم به خاطرات قدیمی‌تر بپردازم. خاطراتی که به هیچ عنوان حاضر نبودم به آن‌ها فکر کنم؛ اما برای رسیدن به آرامش باید احساسات سرکوب‌شده‌ی قدیمی‌ام را روی کاغذ می‌آوردم.

داریوش معلم شیمی دوران دبیرستانم بود. با تشویق‌های او شاگرد اول کلاس شده بودم. من همیشه عاشق این بودم که در مرکز توجه باشم و او کسی بود که این نیاز مرا ارضاء می‌کرد. با او احساس قدرت و خاص بودن می‌کردم. او یکی از انگیزه‌های من برای قبول شدن در دانشگاه تهران بود. با وجود اینکه به رشته‌ی داروسازی علاقه‌ای نداشتم اما می‌خواستم برای به دست آوردن دل او این رشته را بخوانم.

من برای همایش‌ها و کلاس‌های خصوصی‌اش شاگردان زیادی را جذب می‌کردم، محتوای کانالش را تدوین و تایپ می‌کردم، جزواتش را معرفی می‌کردم و خلاصه اینکه منفعت زیادی برایش داشتم. اما درست روز بعد از کنکور هرچه با او تماس گرفتم دیگر جواب نداد.

به یک‌باره از درون متلاشی شدم و کاخ تصوراتم روی سرم آوار شد. اصلاً انتظار چنین رفتاری را از او نداشتم.

دو ماه بعد میکروبیولوژی دانشگاه تهران قبول شدم. به‌قدری هیجان داشتم که اتفاقات تلخ گذشته دیگر برایم اهمیتی نداشتند. در آن محیط جدید می‌خواستم همه‌چیز را از نو شروع کنم و عشق واقعی‌ام را بیابم. روز دوم دانشگاه، سر کلاس فیزیک‌عمومی با سهیل آشنا شدم. پسری موفرفری با چشم‌های عسلی درشت. او شباهت زیادی به یکی از خواننده‌های محبوب دوران کودکی‌ام و همین‌طور معلم شیمی‌ام داشت. من آن‌روزها نمی‌دانستم که ناخودآگاهم به دنبال افرادی شبیه به گذشته‌ام است تا ناکامی‌هایش را جبران کند و رویاهایش را با فرد جایگزین ادامه دهد. وقتی سهیل فهمید که دوستش دارم نسبت به من سرد و بی‌عاطفه شد و گفت که کس دیگری را دوست دارد. چندماه اول دانشگاه با هم در ارتباط بودیم ولی او اصلاً رفتار خوبی با من نداشت. در همه‌ی موضوعات با من مخالفت می‌کرد و هیچ حرف و علاقه‌ی مشترکی با هم نداشتیم. هرچه احساسم به او بیشتر می‌شد، بیشتر از

من فاصله می‌گرفت. فکر می‌کردم برای اینکه او را به خودم علاقه‌مند کنم باید شبیه او شوم. برای همین وانمود می‌کردم که آدم منطقی و بی‌احساسی هستم، از مسافرت و طبیعت‌گردی بیزارم و ترجیح می‌دهم در خانه بمانم. عاشق حل کردن مسائل فیزیک و ریاضی هستم، آهنگ‌های رپ گوش می‌دهم و هیچ علاقه‌ای هم به ادبیات و موسیقی کلاسیک ندارم. من همه‌ی علایقم را چال کرده بودم تا سهیل مرا دوست داشته باشد درحالی‌که هیچ‌کدام از این‌ها حرف‌های دل من نبود. من نمی‌خواستم بپذیرم که او آدم مناسب من نیست. من اصلاً به سهیل واقعی علاقه‌ای نداشتم، بلکه عاشق مجسمه‌ای از سهیل بودم که در ذهنم بنا شده بود. اواخر ترم دو به من گفت که از توجهات زیادم به او خسته شده است و دیگر نمی‌خواهد با هم دوست باشیم. آبشاری از نفرت بر رودخانه‌ی ذهنم سرازیر شده بود. آن ترم نزدیک بود مشروط شوم، حتی به فکر انصراف از دانشگاه افتاده بودم.

تا اینکه یکی از هم دانشکده‌ای‌هایم که ترم آخر بود، احساسش را صادقانه با من در میان گذاشت. آشنایی من با روزبه در بهترین زمان ممکن اتفاق افتاده بود. زمانی‌که من در حال جمع کردن تکه‌های وجودم بودم...

روزبه به زندگی‌ام آمد تا بگوید همین که هستم خیلی هم خوب و دوست داشتنی است و نیاز نیست وانمود به چیزی کنم که نیستم. او کاملاً مرا پذیرفته بود. برای من وقت می‌گذاشت. به من توجه مستمری داشت و احترام زیادی برایم قائل بود. با او خیلی احساس راحتی می‌کردم اما با تمام این‌ها نمی‌دانم چرا هیچ علاقه‌ی خاصی به او نداشتم!

انگار عادت کرده بودم که چشم انتظار دوست داشتن دیگران بمانم و عشق را از آن‌ها گدایی کنم!

من همیشه طوری رفتار می‌کردم که اصلاً از ادامه‌ی این رابطه مطمئن نیستم.

تا وقتی به دنبال چیزی بودم که دست نیافتنی باشد اما به محض اینکه آن چیز را تصاحب می‌کردم دیگر آن را نمی‌خواستم.

شاید من از یک احساس بی‌ارزشی درونی رنج می‌بردم. هر چند که به زبان

نمی‌آوردم و خیال می‌کردم خودم را خیلی دوست دارم اما از درون با خودم به صلح نرسیده بودم.

روزبه عزت نفس بالایی داشت. نمی‌خواست با رفتارهای اشتباه من شأن خود را پایین بیاورد و به ارزش خودش شک کند؛ برای همین بدون اینکه توضیحی بخواهد برای همیشه از زندگی‌ام رفت.

او چیزی جز خوبی در ذهنم باقی نگذاشت و من خیلی متأسفم که ناراحتش کردم.

امید وارم مرا بخشیده باشد....

بعد از آن فکر نمی‌کردم دیگر بتوانم کسی را از ته قلبم دوست داشته باشم.

از همه‌چیز خسته شده بودم. دیگر حتی حوصله‌ی خودم را هم نداشتم. نسبت به همه بی‌اعتماد و بدبین شده بودم، اما چندماه بعد زمانی‌که اصلاً انتظارش را نداشتم وارد فصل جدیدی از کتاب زندگی‌ام شدم.

یک روز زمستانی...

سه شنبه....پنج بعد از ظهر...

کافه پدال......دمنوش بهارنارنج....

پیانوی قدیمی و دستان هنرمند تو....

این‌بار عشق در لباس یک پیانیست ظاهر شده بود.

از دفترچه‌ی خاطراتم-گفت‌وگوهایی با کودک درونم

- سلام دلسا کوچولو. حالت خوبه؟ می‌خوام باهات حرف بزنم.

- «...»

- لطفاً یه چیزی بگو. می‌دونم که از دستم ناراحتی. حقم داری. من هیچ‌وقت باهات حرف نزدم. همیشه انکارت کردم. فکر می‌کردم حرف‌زدن با درونم کاری احمقانه و روان‌نژندانه باشه. خیلی متأسفم که احساساتت رو نادیده می‌گرفتم و بهت توجهی نمی‌کردم.

- من از دستت عصبانی‌ام دلسا. خیلی هم عصبانی‌ام. تو هیچ‌وقت باور نداشتی من وجود دارم. رایان منو دوست داشت. تو باعث شدی که رایان بره. اون خیلی خوب بود. خیلی...

- دلسا کوچولو! عزیز من! رایان ما رو نمی‌خواست. ما نمی‌تونیم به زور آدما رو عاشق خودمون کنیم که. اونم یکی مثل بقیه بود. یه روز باید میومد تا درس‌هایی رو بهمون یاد بده، یه روزم باید می‌رفت. این همه آدم اومدن تو زندگیمون و رفتن، رایانم قرار نبود تا همیشه کنارمون باشه که.

- نه! رایان با بقیه فرق داشت. حسی که به رایان داشتم به هیچ‌کس دیگه‌ای نداشتم. این حس رو هیچ‌جای دیگه با هیچ آدم دیگه‌ای تجربه نکرده بودم. اون برای من دوست داشتنی‌ترین موجود روی کره‌ی زمین بود. از وقتی که رفت

حس می‌کنم دنیام خالی شده. من دلم برای اون حس قشنگ خیلی تنگ شده. اگه دیگه هیچ‌وقت تجربه‌اش نکنم چی؟ اگه دیگه نتونم کسی رو دوست داشته باشم چی؟

ـ عزیز من! هر آدمی که میاد توی زندگیمون یه رسالتی داره. اونم رسالتش رو توی زندگیمون انجام داد و رفت. با خواهش و تمنا و گریه و زاری هم چیزی درست نمی‌شه. هرچند خیلی سخته ولی مجبوریم که واقعیت رو بپذیریم.

یادت نیست آخرین‌بار براش یه پیام صوتی سی دقیقه‌ای فرستادی وگریه کردی؟ می‌خواستی بهش بفهمونی چقدر اذیت شدی و چقدر دوستش داری. اما اون چیکار کرد؟ حالتو بدتر کرد. ازت بیشتر فاصله گرفت.

منم طبق معمول فقط بلد بودم تو رو سرکوب کنم. آخرین پیام‌ها رو پاک کردم. بعد هم تظاهر کردم که دیگه حسی بهش ندارم و می‌خوام که فقط با هم دو تا دوست باشیم. من واقعاً متأسفم. منو ببخش. کار درستی نکردم. باید صادقانه بهش می‌گفتم که دارم اذیت میشم و نمی‌تونم یک‌طرفه به این احساسی که هر روز داره آتیشش توی وجودم شعله‌ورتر میشه ادامه بدم. خودم باید ازش می‌خواستم که بره ولی جرئتشو نداشتم. چون نمی‌خواستم با تو روبرو بشم. فقط می‌خواستم ساکتت کنم و مسئولیت احساسم رو به عهده نگیرم.

بالاخره رایان خودش از دستمون فرار کرد و رفت؛ اما این جدایی به صلاحمون بود عزیزم. باید می‌رفت، چون خیلی داشتی اذیت می‌شدی. هربار که بهش فرصت دادیم بیشتر نا امیدمون کرد.

شبایی که به خاطرش نخوابیدی رو به یاد بیار. روزایی که منتظر جواب پیامات بودی ولی عین خیالشم نبود. اون‌وقتا که تلفناتو قطع می‌کرد و بعدشم عذرخواهی نمی‌کرد. اون روزی که با همه‌ی عشقت می‌خواستی ببینیش و کادوشو بدی ولی حتی تو رو قابل ندونست که یه جمله بهت بگه نمی‌تونه بیاد و ساعت‌ها منتظرت گذاشت. تمام وقتایی که به خاطرش حالت بد بود وگریه می‌کردی رو به یاد بیار عزیزم.

تو نیاز به توجه و حمایت و مراقبت داری و از همه مهم‌تر اینکه تو لایق

درک و پذیرفته‌شدن هستیِ. اون تو رو نپذیرفته بود. اون کس دیگه‌ای رو می‌خواست. کسی که اصلاً شبیه ما نبود.

ـ شاید من به اندازه‌ی کافی خوب نبودم که نتونستم رایان رو عاشق خودم کنم. من تا الان نتونستم عشق و وفاداری کسی رو جلب کنم. من دوست داشتنی نیستم. هیچ ارزشی ندارم.

ـ نه نه اصلاً این‌طور نیست. تو خوشگلی. مهربونی. دوست داشتنی و منحصربه‌فردی. تو اصلاً مستحق طرد شدن و بدرفتاری نبودی. این حق تو نبود. همش تقصیر منه. من باعث شدم که تو به ایده‌آل بودن خودت شک کنی. من به اندازه‌ی کافی بهت عشق ندادم که تو دلبسته‌ی آدم‌های اشتباه شدی. به خاطر بی‌توجهی‌های منه که تَله‌ی بی‌ارزشی و طردشدگی در وجودت شکل گرفته و توی زندگی همیشه به افرادی فراخوان دادی که بیان این تَله‌ها رو شارژ کنن. برای همینه که آدم‌هایی که بازی در نمیارن و می‌خوان باهام باشن رو پس می‌زنم و ردشون می‌کنم. چون تویی که در درون منی حالت بده. به اندازه‌ی کافی از من محبت و توجه نگرفتی که بخوای پذیرای محبت و توجه باشی.

ـ همیشه می‌خواستم منو ببینی. به هر موفقیتی که می‌رسیدم باز برات کافی نبودم. باز هم دنبال چیزای دیگه‌ای بودی. همیشه منو با بقیه مقایسه می‌کردی. هرچقدر که تلاش می‌کرم باز هم منو نمی‌دیدی.

ـ من ازت معذرت می‌خوام دلسا کوچولو. من نباید تو رو با بقیه مقایسه می‌کردم. نباید سرزنشت می‌کردم. من زیادی کمال‌گرا بودم. از این به بعد قول می‌دم هر کار مثبتی که در جهت اهدافم انجام می‌دم به خودم پاداش بدم تا از تو تشکر کرده باشم. به خواب و استراحتم بیشتر توجه می‌کنم تا اینقدر خسته‌ات نکنم. دیگه قول می‌دم مواظبت باشم و هر روز باهات حرف بزنم. اگه من کنارت باشم، تو هم دیگه به آدم‌ها وابستگی ناسالم پیدا نمی‌کنی. من همین‌جوری که هستی بی‌قید و شرط دوستت دارم.

ـ چقدر دوست داشتم یکی این جمله رو الان بهم بگه.

ـ قراره از این به بعد هر روز این جمله رو از زبون من بشنوی. از ته قلبم

دوستت دارم دختر نازنین من!

– این جمله قشنگ‌ترین جمله‌ی دنیاست. ازت ممنونم. منم همیشه دوستت داشتم و می‌خواستم که تو هم دوستم داشته باشی، امروز به آرزوم رسیدم.

– عزیزدل من. امیدوارم منو بخشیده باشی. منو ببخش به خاطر همه‌ی روزهایی که ازت فاصله گرفتم تا به کس دیگه‌ای نزدیک بشم. قول می‌دم به هیچ‌کس و هیچ‌چیز نفروشمت. پات وایمیستم؛ چون ارزشش رو داری. حالا بهم بگو الان چه احساسی داری. دوست داری چیکار کنیم؟

– الان خیلی خستم. خوابم میاد. دوست دارم برام لالایی بخونی تا بخوابم.

– البته دختر گلم. چشماتو ببند. به هیچ‌چیز هم فکر نکن. من همیشه کنارتم.

نامه‌ی بیست و دوم

دوست قدیمی من!

مدت‌هاست در تنهایی خودم فرو رفته‌ام و زندگی‌ام را بررسی می‌کنم و با این فکر که ارزشمند نیستم می‌جنگم. به تازگی اهمیت گفت‌وگو با کودک درونم را درک کرده‌ام.

دیشب با دختر کوچکم، بخشی از نا خودآگاه وجودم، صحبت کردم و برایش لالایی خواندم.

برای اولین‌بار کودک آسیب‌دیده و زخم خورده‌ام را در آغوش گرفتم به دردِدل‌هایش گوش دادم.

آن را بیرون از وجودم تصور کردم و گفتگوهایمان را روی کاغذ آوردم. سعی کردم با این کار اساسی‌ترین نیازها و آرزوهایش را کشف کنم. درک کردم که چقدر نیاز به توجه و مراقبت دارد و من به عنوان یک بزرگسال باید مسئولیت کودک درونم را به عهده بگیرم و به او عشق بورزم. با این کار می‌توانم به خود بزرگسالم کمک کنم که قوی‌تر شود.

سعی می‌کنم به توصیه‌های دکتر شهربانو قهاری [1] که در کتاب «نود و نه راه برای شفای کودک درون» آورده است عمل کنم.

---

۱. دکترای روانشناسی بالینی و عضو هیئت علمی دانشگاه ایران

دیگر برای ملاقات با او، هر روز احساساتم را یادداشت می‌کنم و برایش نامه می‌نویسم. هرگاه حالم بد باشد جلوی‌گریه‌ام را نمی‌گیرم. هر جا لازم باشد "نه" می‌گویم. از ته دل می‌خندم و به کودک درونم اجازه می‌دهم ظاهر شود. هرگاه خشمگین شوم با کلمات ابرازش می‌کنم. با خودم مهربان‌تر رفتار می‌کنم. دیگر خودم را سرزنش نمی‌کنم. اتاقم را به دلخواه خودم تزئین می‌کنم. به سلیقه‌ی خودم لباس می‌پوشم و آرایش می‌کنم. از خودم عکس می‌گیرم و لحظاتم را با دوربین عکاسی‌ام به ثبت می‌رسانم. با کسانی وقت می‌گذرانم که از بودنشان لذت می‌برم تا کودک درونم آرامش بیشتری داشته باشد. به طبیعت می‌روم. حمام آفتاب می‌گیرم. به تماشای غروب آفتاب می‌نشینیم. آرزوهایم را می‌نویسم و هرشب مرورشان می‌کنم. دفترچه‌ی شکرگزاری‌ام را که مدت‌ها بود فراموشش کرده بودم از کشوی میز تحریرم درمی‌آورم، لیستی از همه‌ی چیزهایی که شکرگزارشان هستم تهیه می‌کنم و اتفاقات خوب آن روزم را در آن دفترچه‌ی ارزشمند می‌نویسم. دیگر در حد توانم از خودم انتظار خواهم داشت و با توقعات زیادی به کودک درونم فشار نمی‌آورم. در طول روز به خودم استراحت می‌دهم. به پیاده‌روی می‌روم، هر روز عود روشن می‌کنم و به‌طور مرتب ورزش می‌کنم تا سطح هورمون‌های سروتونین و اندورفین[۱] بدنم افزایش پیدا کند.

زخم‌هایم درحال ترمیم‌اند اما بسیار حساس هستند؛ هر لحظه مواظب هستم که باز نشوند و مدام از خود جدیدی که در حال ظهور است مراقبت می‌کنم.

---

۱. مسکن طبیعی بدن که اثر اصلی آن تسکین درد است.

نامه‌ی بیست و سوم

احساس می‌کنم که پس از سال‌ها بار سنگینی را از روی دوشم برداشته‌ام و سطل زباله‌ی ذهنم را خالی کرده‌ام؛ هرچند که هر روز با سموم درون زخمم مبارزه می‌کنم و همچنان از درد سوزان و دائمی‌اش اذیت می‌شوم، اما طردشدگی با تمام تلخی‌اش، برایم موهبت بزرگی داشت. کمک کرد تا راهی به زخم‌های گذشته‌ام بیابم و درس‌هایی که پیش از این باید می‌آموختم را بیاموزم. درست است که نمی‌توانم اتفاقات تلخ زندگی‌ام را تغییر دهم، اما به دلیل درس‌هایی که از آن‌ها یادگرفته‌ام می‌توانم آن‌ها را فرصتی برای رشد خودم در نظر بگیرم.

من قدرت و جایگاه تو را بالا برده بودم تا خُرد شدنم را توجیه کنم. وظیفه‌ی من بود که از زیر این شکنجه‌ی روحی بیرون بیایم و خودم را نجات دهم؛ اما ماندم و شکنجه شدنم را تحمل کردم، چون جایگاه قربانی را امن‌تر می‌دیدم. چون از آینده می‌ترسیدم. چون از خودم فرسنگ‌ها دور شده بودم.

فهمیدم تا زمانی‌که ملتمسانه عشق و توجه را از دیگران بخواهم، خودم را در نظرشان بی‌ارزش و غیرجذاب جلوه می‌دهم.

من جذب کسانی می‌شدم که باعث می‌شدند حس کنم به اندازه‌ی کافی خوب نیستم. هر چه بیشتر بی‌توجهی می‌کردند، بیشتر به دنبال آن بودم که نظرشان را به خود جلب کنم و در نهایت آن‌ها مرا ترک می‌کردند. چندین بار این اتفاق افتاد تا اینکه بالاخره الگویی را کشف کردم؛ اینکه من از ترس از دست دادن دارم.

تله‌ی رهاشدگی به‌قدری آدرنالین خونم را بالا می‌برد و آن را با عشق می‌آمیخت که دیگر قادر نبودم میان عشق و وابستگی تمایز قائل شوم. من در ارتعاش عشق نبودم!

همین وابستگی افراطی و ترس از طردشدگی زیادم باعث شد که آدم‌ها کاملاً نسبت به من مطمئن شوند و از لحاظ عاطفی روی من تسلط پیدا کنند؛ طوری‌که برده‌ی عاطفی‌شان شوم.

مطمئن نیستم که آگاهانه و از روی عمد این کارها را می‌کردند، اما آن‌ها از ترس من نسبت به طردشدگی استفاده می‌کردند تا مرا کنترل کنند و من کسی بودم که همواره کوتاه می‌آمدم و چشم‌پوشی می‌کردم. من بودم که اجازه‌ی چنین رفتارهایی را به آن‌ها می‌دادم.

آخرین حرف‌هایمان را به یاد داری؟ همان شبی که برایت یک فایل صوتی سی دقیقه‌ای فرستادم وگریه کردم! همچنان امیدوار بودم که بعد از شنیدن آن می‌توانی مرا بفهمی اما همه‌چیز بدتر شد. وقتی دیدم نمی‌توانی از زاویه‌ی دید من مرا ببینی و درک کنی، پیام‌های اخیرمان را پاک کردم و همه‌ی ناراحتی‌هایم را پس گرفتم تا تو ناراحت نشوی. هیچ‌وقت دلم نمی‌خواست به تو دروغ بگویم، اما ترس از دادنت وادارم کرد که وانمود کنم می‌توانم دوستی‌مان را بدون هیچ احساسی حفظ کنم.

همان روز روحم با من قهر کرد. چون سعی داشتم به قیمت از دست رفتن خودم تو را به زور در زندگی‌ام نگه دارم. هربار که با احساساتم صادق نبودم به خودم خیانت بزرگی کردم.

من زودتر از تو رفته بودم اما بی‌آنکه به آن آگاه باشم کودک زخم‌خورده‌ی درونم، همچنان اصرار به ماندنت می‌کرد. هر روز بر دیوار قلبم چنگ می‌کشید و نامت را با صدای بلند فریاد می‌زد و سنگ بزرگ خواستنت را درست بر سر راه فراموش کردنت می‌انداخت. او هرگز مفهوم پایان را نمی‌پذیرفت و مدام تصاویری از خاطرات خوبمان را کنار هم می‌گذاشت و به شکل یک فیلم از جلوی چشمانم عبور می‌داد.

من می‌توانم هنوز دوستت داشته باشم و تو را بخواهم. اما دوست داشتن و خواستن من چه اهمیتی دارد وقتی تو مرا نمی‌خواهی. اگر برایت مهم بودم اکنون اینجا بودی، جویای حالم می‌شدی و یک بهانه برای ماندن پیدا می‌کردی! پس من حق ندارم منزوی شوم و غصه‌ی کسی را بخورم که مثل غریبه‌ها ارتباطش را با من قطع کرد و رفت.

همیشه هم گذشته‌ی هرکس به خودش مربوط نیست. از آنجا که تو روابط متعددی در گذشته داشتی، ممکن بود بخشی از وجودت همچنان در مسائل و اتفاقات گذشته گیر کرده باشد. ما تنها زمانی می‌توانیم روح کسی را لمس کنیم و یک رابطه‌ی خوب و سالم داشته باشیم که به خودمان اجازه‌ی سوگواری و پذیرش غم‌های گذشته را داده باشیم. آن‌وقت است که می‌توانیم با تمام وجودمان وارد رابطه‌ای جدید شویم. به گفته‌ی خودت خیلی‌ها بودند که هیچ‌کدام از محدودیت‌ها و خط قرمزهای مرا نداشتند، اما هریک به دلایل خاص خودشان پس از مدت کوتاهی از زندگی‌ات رفته بودند. پس اگر من همه‌ی شرایط لازم برای بودن با تو را داشتم، احتمالاً مسائل دیگری از راه می‌رسیدند تا ما را دیر یا زود از هم جدا کنند؛ چون خواسته‌ها و انتظارات ما از یک رابطه متفاوت بود.

در لحظه زندگی کردن خیلی خوب است، اما آینده با انتخاب‌های امروز ماست که شکل می‌گیرد.

بعضی از انتخاب‌ها ممکن است به جسم و روح‌مان آسیب برساند. شاید چیزی را که امروز از روی لذت و هیجان انتخاب می‌کنیم، فردا مایه‌ی عذاب و دردسرمان شود و ما را از زندگی اصیل و خوب خودمان دور کند.

دیگر نگران این نیستم که با گفتن حرف‌های دلم یا با انجام کاری خودم را از احتمال برگشتنت محروم کنم. وقت آن است که قدرتت را واژگون کنم و دوباره آن را به خودم برگردانم.

باید بتوانم روی پاهای خودم بایستم و عزت‌نفس زخم‌خورده‌ام را ترمیم کنم. من نباید به دنبال کسی باشم که واکنش مناسبی به احساساتم نشان نمی‌دهد.

من لایق عشق، توجه و احترامم.

اکنون که نیازهای حقیقی‌ام را فهمیده‌ام، بعید می‌دانم از این پس، فردی با رفتارهای شبیه به تو برایم جذابیتی داشته باشد.

می‌دانم که مردان مهربان، متعهد و بااحساس زیادی در این سیاره وجود دارند. من به دنبال شخصی هستم که اهداف مشترکی با هم داشته باشیم؛ کسی را نمی‌خواهم که از بودن با من مطمئن نیست و بخشی از وجودش مرا پس می‌زند.

کسی را نمی‌خواهم که روزها پاسخ پیام‌هایم را نمی‌دهد و مرا در انبوهی از اولویت‌هایش دفن می‌کند. قلب من سزاوار بی‌احترامی نیست. کسی که برایش مهم نیستم، برای من هم اهمیتی ندارد و دیگر تقلایی برای ماندنش نخواهم کرد. من به کسی که بابت اشتباهاتش عذرخواهی نمی‌کند نیازی ندارم، به کسی که ارزش‌هایش با من هم‌خوانی ندارد و نمی‌خواهد همسفر راهم باشد نیازی ندارم.

حالا که می‌دانم از یک رابطه چه می‌خواهم، خودم را قربانی نمی‌بینم و فکر نمی‌کنم که خانواده و فرهنگ و جامعه و ده‌ها عامل بیرونی دیگر مرا از تو جدا کرده‌اند.

از دکتر آذردخت مفیدی[1] در کتاب «عشق و تحلیل روانکاوانه» یاد گرفته‌ام:

«هیچ انسان سالمی نمی‌تواند فرد دیگر را تحت هر شرایطی دوست بدارد. یک رابطه‌ی سالم پنجاه-پنجاه است و فرد باید سیگنال دوست داشتن بدهد و سیگنال دوست داشته شدن دریافت کند.»

قرار نیست یک نفر بار سنگین مسئولیت‌های دو نفر را به دوش بکشد.

عشق توهم شیرینی می‌شد اگر هر دوی ما متوهم بودیم.

---

۱. پزشک و روانکاو ایرانی. (۱۳۴۰-۱۳۹۳)

نامه‌ی بیست و چهارم

عزیز من!

حال امروز من اصلاً قابل وصف نیست. چیزی که دیده‌ام را هرگز فراموش نمی‌کنم. حتی تصویرش یک لحظه هم از ذهنم پاک نمی‌شود.

ساعت شش و چهل و پنج دقیقه‌ی بعد از ظهر بود. با هیوا به کافه ویونا رفته بودم. دوست داشتم کنارم باشد و فقط به حرف‌هایم گوش دهد. دستانم را گرفته بود و سعی می‌کرد مرا آرام کند. منتظر قهوه‌مان بودیم که یک دفعه با دیدن تو خشکمان زد. چقدر زیبا شده بودی! جذاب‌تر از همیشه. پیراهن سفید و کفش‌های قرمز قشنگت را پوشیده بودی. عینک سفیدت هم بالای سرت بود. باورم نمی‌شد تو را آنجا ببینم. آخ! چقدر دلم برای حرف زدن با تو تنگ شده بود. چند دقیقه بعد دختری با قدی متوسط، موهای قهوه‌ای بلند و چشمان مشکی از راه رسید، تو را بوسید وکنارت نشست. به‌قدری حالم بد شد که سریع آنجا را ترک کردم. با صدای بلند گریه می‌کردم، پاهایم خشک شده بودند، دستانم می‌لرزیدند و نفسم بالا نمی‌آمد. هیوا دستم را گرفت و با صدای بلند گفت: «دلسا! بیدار شو عزیزم...»

اصلاً احساس نکردم که خواب دیده‌ام. همه‌چیز کاملاً زنده و واقعی به نظر می‌رسید. دردش را با تمام وجودم حس کردم. چطور می‌توانست یک خواب باشد؟!

رایان! حال من خوب نیست. روزهای سختی را می‌گذرانم. می‌دانم برگشتنت دردی را از من دوا نخواهد کرد؛ دوری‌ات هم این‌گونه عذابم می‌دهد. نه می‌توانم با تو باشم و نه می‌توانم با کس دیگری ببینمت. تو حتی در خواب‌هایم هم کنار من نیستی!

فکر می‌کردم ماه‌ها کتاب خواندن و جلسات روان‌درمانی کافی باشد؛ اما هنوز التیامی احساس نمی‌کنم. حال من خراب‌تر از آن است که بتوانی درک کنی. هیچ‌چیز سر جایش نیست. این روزها که برنامه‌ها و کارهای عقب‌افتاده‌ام بیشتر شده‌اند، بیشتر به تو می‌اندیشم و اذیت می‌شوم.

یاد آن روزهایی می‌افتم که هروقت نگرانی‌ام را با تو در میان می‌گذاشتم آرامم می‌کردی. برای تمریناتم برنامه داشتم، تو کنارم بودی و کمکم می‌کردی. امروز یکی از فیلم‌هایی که از اجرایت گرفته بودم را می‌دیدم. دوست داشتم دستم را ببرم داخل فیلم و یک بار دیگر دست راستت را بگیرم و همزمان که می‌نوازی نوازشش کنم.

وقتی فایل صوتی جلسه یازدهممان را گوش می‌کردم، یادم افتاد که چقدر با هم می‌خندیدیم، چقدر سر به سر هم می‌گذاشتیم.

آن روزهای قشنگمان کی تمام شد؟ رایان دیگر کم آورده‌ام. پذیرفتن این درد خیلی سخت است. خیلی!! می‌دانی چقدر دوست دارم مثل گذشته‌ها به تو زنگ بزنم و بگویم جان دل من! هر کجا هستی مرا از حالت بی‌خبر نگذار، چون تو که خوب نباشی حال دو نفر خوب نیست. دوست دارم بگویم اگر غمگینی و احساس تنهایی می‌کنی، غمت نباشد؛ من هستم. به من خبر بده. دنبالت می‌آیم تا با هم برویم به سرزمین بی‌زمانی؛ جایی که به ساعت احتیاجی نداشته باشیم و تا هر زمانی که دلمان خواست کنار هم باشیم. دلم می‌خواهد زنگ بزنم و بگویم رایان من! پیانیست قشنگم! بیا تکانم بده و مرا از این کابوس هفت‌ماهه بیدار کن. بگو که نرفته‌ای.

نامه‌ی بیست و پنجم

امروز با هیوا تماس گرفتم و خوابم را با او در میان گذاشتم. می‌ترسیدم اگر بفهمد بعد از هفت‌ماه، همچنان حالم بد است و به تو فکر می‌کنم از دستم عصبانی شود یا درکم نکند؛ اما او به همه‌ی حرف‌هایم گوش کرد و سعی کرد آرامم کند.

می‌دانم که او هم در گذشته بحران عاطفی سختی را تجربه کرده است. سال پیش در یک کنسرت با آرش آشنا شده بود. او یک ویولنیست حرفه‌ای بود که در کنار خوانندههای معروف روی استیج‌های پر زرق و برق ساز می‌زد و هنرنمایی می‌کرد. هیوا شیفته‌ی موقعیت آرش شده بود نه خود آرش. فکر می‌کرد اگر با هم باشند، او هم در کنارش به شهرت می‌رسد و پیشرفت می‌کند. برای همین آرش را خیلی از خودش بالاتر می‌دید و اعتمادبه‌نفس کافی برای صحبت کردن با او را نداشت؛ مدام هم رفتارهای بد و زننده‌اش را تحمل می‌کرد. تا اینکه یک روز تصمیم گرفت با تمام دردی که دارد همه‌چیز را تمام کند چرا که به این نتیجه رسید که از روی نیازها و عقده‌هایش در رابطه مانده است؛ نه از روی عشق.

هیوا هم مثل من ماه‌هاست که در حال بازسازی خویش است و به دنبال معانی تازه‌ای برای زندگی‌ست.

خوشحالم که بالاخره از پیله‌ی ذهنم بیرون آمدم و احساسم را با نزدیک‌ترین

دوستم در میان گذاشتم. من به یک هم‌زبان احتیاج داشتم. هیوا کسی بود که از همان ابتدا سعی کرد بدون هیچ قضاوتی درک و همراهی‌ام کند. او نه تنها طردم نکرد بلکه همیشه تلاش کرد تا حالم بهتر شود.

البته نمی‌خواهم با درددل کردن مسئولیت هضم غم‌هایم را گردن کس دیگری بیندازم. می‌دانم که حتی اگر بهترین دوستانم هم کنارم باشند باز هم در سفر التیام تنها هستم.

هیچ‌کس جز خودم نمی‌تواند آنچه که در وجودم می‌گذرد را به درستی درک کند. حتی درمانگرم هم نمی‌تواند به جای من تصمیمی بگیرد و برای رنج‌هایم نسخه‌ای بپیچد، چون هر کلمه از زبان من در ذهن دیگری، با بافت زندگی خودش معنا می‌شود.

چه گره‌هایی هنوز در وجودم باز نشده‌اند که نمی‌توانم واقعیت را بپذیرم؟! چرا همچنان دوری تو آزارم می‌دهد؟

واژه‌ی کهنه‌ی دلتنگی قادر نیست بار سنگین احساسم را حمل کند.

دلتنگی‌ات را گاهی اوقات مثل فشاری روی قلبم یا بغضی در گلویم احساس می‌کنم.

روی خرابه‌های حضورت ایستاده‌ام و یادت را نفس می‌کشم.

کاش عکسی، نوشته‌ای، جمله‌ای چیزی از من در ذهنت باقی مانده باشد که هروقت به آن فکر کنی چند ثانیه لبخند بزنی و بگویی چقدر دوستم داشت!!

اگر بدانم که خاطره‌ی خوبی هست که با آن مرا یاد می‌کنی دیگر عشقم را بی‌حاصل نمی‌دانم...

خودت بگو! تو مرا با کدامین خاطره به یاد می‌آوری؟!

گفت‌وگوهایی با کودک درونم

– دلسا کوچولو بهم بگو چه احساسی داری؟

– از آینده می‌ترسم. می‌ترسم از عهده‌ی این همه کار بر نیام. هیچ‌کس نیست کمکم کنه. من تنهام. اگه رایان بود، همه‌ی این کارا رو با هم انجام می‌دادیم.

– یعنی جای ما می‌تونست امتحان بده؟

–نه. ولی می‌تونست استرس امتحان رو کم کنه. یادته شبای امتحان که می‌دیدمش چقدر آروم می‌شدم؟! اگه رایان الان اینجا بود بهم می‌گفت نگران نباش درست میشه. توی همین یه جمله‌اش اونقدر انرژی داشت که همه‌چیز درست می‌شد. اگه رایان بود باهام زبان کار می‌کرد و بهم دلگرمی می‌داد، با برنامه‌ریزی‌های اون تو مسیر موسیقی پیش می‌رفتم و می‌تونستم مثل اون ساز بزنم. الان اینقدر سردرگمم که نمی‌دونم چطور باید تصمیم بگیرم! اون نیست که به من بگه چی‌کار کنم. من برای موفق شدن و رسیدن به آرزوهام به وجود رایان نیاز دارم.

– دلسا کوچولوی من! از این به بعد شبای امتحان حواسم بهت بیشتر هست و قول می‌دم خودم بهت آرامش بدم. هر نمره‌ای که بگیری من بازم دوستت دارم و بهت افتخار می‌کنم. همه‌ی تلاشمون رو می‌کنیم و حسابی درس می‌خونیم. سر امتحان هم که کنار همیم و با هم امتحان می‌دیم.

این همه معلم زبان هست. یکی رو انتخاب می‌کنیم و منظم جلو می‌ریم. می‌تونیم از رویا هم که زبانش خوبه کمک بگیریم و با همدیگه انگلیسی صحبت کنیم، معلم موسیقی خوب هم که کم نیست عزیزدلم. خودمون رو متعهد می‌کنیم که رأس ساعت خاصی در روز تمرین کنیم. پس دیگه به رایان نیازی نداریم. عشق که نمی‌تونه همه‌ی مشکلات ما رو حل کنه. فک می‌کنی با عشق دیگه احساس رنج نمی‌کنی و همه‌ی دردات محو میشن؛ ولی یادت باشه تا وقتی زنده‌ایم، مشکلات هرگز تموم نمی‌شن، فقط شکلشون عوض میشه. این وظیفه‌ی ماست که مسئولیت زندگی و کارامون رو به عهده بگیریم و گردن کس دیگه‌ای نندازیم. وظیفه‌ی خودمونه که به اهدافمون برسیم. دیگه نبینم‌گریه کنیا!

– چقدر حالم خوب شد باهام حرف زدی. وقتی حواست بهم هست دیگه تنها نیستم.

– هیچ‌وقت دیگه نمی‌ذارم احساس تنهایی کنی. مثل سایه همراهتم. حتی اگه خورشیدی نباشه و مسیر پر از تاریکی بشه، من واست اون نوری میشم که از چیزی نترسی و ادامه بدی. آدما میان و میرن؛ اما من همیشه حواسم بهت هست و ازت مراقبت می‌کنم. تو فرزند منی و مسئولیت رسیدگی به نیازها و احساساتت با منه. این انتظار رو از هیچ‌کس جز خودم نداشته باش. حالا اشکاتو پاک کن عزیزکم. من کنارتم. دیگه‌گریه نکن.

نامه‌ی بیست و ششم

تاکنون چندین جلسه‌ی روان‌درمانی را پشت سر گذاشتم و در چندین وبینار در زمینه‌ی عشق و روابط شرکت کردم.

یاد گرفتم که هر چیزی که در دیگران آزارم می‌دهد، صفاتی در درون خودم هستند که سرکوبشان کرده‌ام و هنوز با آن‌ها به صلح نرسیده‌ام. کارل یونگ[1] می‌گفت: «خصوصیاتی که در دیگران ما را آزار می‌دهد، انعکاس بخش‌هایی از خودمان است.»

خودخواهی‌های دیگران همیشه مرا آزار می‌داد، درحالی‌که وجود خودم پر از خودخواهی بود. هر آدمی که به زندگی‌ام آمد آیینه‌ای بود تا خودم را نشانم دهد.

فکر می‌کردم دوست داشتن من عاری از خودخواهی باشد. آن‌قدر درگیر عیب‌جویی از دیگران و بازی کردن در نقش قربانی بودم که فرصت نمی‌کردم خودخواهی‌های خودم را ببینم.

سعی کردم با چشم‌انداز بهتری به پدیده‌ی عاشق شدن نگاه کنم. من باید الگوهای گذشته‌ام را واکاوی می‌کردم.

با صحبت کردن با روانپزشکم و خواندن مقالات مختلف، دریافتم که

ناخودآگاه ما، بسیاری از فیلم‌هایی که می‌بینیم، رمان‌هایی که می‌خوانیم و قصه‌هایی که می‌شنویم را در قسمتی از خودش ذخیره می‌کند و از عشق یک الگو می‌سازد تا روزی آن را در شخص خاصی نشانمان دهد. شاید اولین نگاهی که توانسته یک پیوند احساسی در قلب ما ایجاد کند، در واقع پیوندی با گذشته‌ی ما بر قرار کرده است؛ گذشته‌ای که امکان دارد اشتباه بوده باشد.

تصور افسانه‌ای من از عشق با چیزهایی که در انیمیشن‌های کودکی‌ام و فیلم‌های رمانتیک دیده بودم شکل گرفته بود.

گمان می‌کردم که حتماً ما روزی هِرمافرودیت[1] بودیم و آن‌قدر قدرت داشتیم که زئوس مجبور شد ما را از هم جدا کند.

من عاشق کسی شدم که خلاء مرا پر می‌کرد. کسی که رویاها و زندگی نزیسته‌ی مرا زندگی می‌کرد.

تو را برای ظهور آرزوهای خودم می‌خواستم. تمایل داشتم نادانسته‌هایم را با تو تکمیل کنم. رشد و پیشرفتم را تنها در کنار تو می‌دیدم. چون خیال می‌کردم تو همان نیمه‌ی گمشده‌ی من باشی که قرار است در کنار هم کامل شویم.

اخیراً کتاب «درباره‌ی عشق» به قلم استاندال[2] را خوانده‌ام که نوشته بود:

«پوشش کریستالی، نقص‌ها یا معمولی بودن محبوب را پنهان می‌کند و او را در نظر عاشق از تمام انسان‌های دیگر متفاوت می‌سازد.»

تازه می‌فهمم که شخصیت واقعی تو را با پوششی از کریستال پوشانده بودم.

شاید من عاشق فردی نظیر تو بودم که روی صحنه ساز می‌زد. مرد رویایی من همچون لباس زیبایی بود که اندازه‌ی تو نبود و من می‌خواستم از روی خودخواهی خودم آن را به زور تنت کنم.

فکر می‌کردم به مرور می‌توانم راضی‌ات کنم که اول همراه خانواده‌ام به آمریکا مهاجرت کنیم و بعد ازمدتی هم دوتایی به وین برویم، یک زندگی رویایی را با هم بسازیم، دور دنیا تور کنسرت برگزار کنیم و از این کشور به

آن کشور سفر کنیم.

این‌که فکر می‌کنیم بدون فرد خاص زندگی‌مان نمی‌توانیم ادامه دهیم یعنی درمانده هستیم و درماندگی نوع دیگری از خودخواهی‌ست.

من همیشه به دنبال این بودم که تو را تغییر دهم. تلاش می‌کردم تا تو فردی عاشق، مهربان، وفادار و حمایت‌گر شوی. تو را مقصر جلوه نمی‌دهم. مشکل این بود که ما از لحاظ عاطفی در یک سطح نبودیم و اصلاً با هم هم‌خوانی نداشتیم.

دوست داشتن برای ساختن و نگه داشتن یک رابطه کافی نیست. لزوماً منجر به سازگاری نمی‌شود. گاهی به کسی علاقه‌مند می‌شویم که اهداف زندگی‌اش با اهداف ما همسو نیست و ارزش‌ها و جهان‌بینی‌اش کاملاً با ارزش‌ها و جهان‌بینی ما در تضاد است. ما نباید عزت نفس و جسم و روانمان را قربانی کنیم و به آن برچسب عشق بزنیم. در آهنگ دلنشین زندگی، نت عشق مهم و حیاتی است اما تمام نت‌ها نیست. این آهنگ برای کامل شدن به نت‌های دیگری هم احتیاج دارد. نباید به عشق، دلخوش کرد چرا که تا به حال هیچ بوسه‌ای پای هیچ برگه‌ی تعهدی را امضا نکرده است.

می‌دانم که مذهب، متعلق به پدر و مادرت بود نه انتخابی از سوی خودت. تو با وجودِ داشتن خانواده‌ای مذهبی، تصمیم گرفتی مستقل شوی و سبک جدیدی از زندگی را برای خودت انتخاب کنی.

ما برای با هم بودن نیازمند ارزش‌ها، معیارها، ایده‌آل‌ها و آرمان‌های مشترک بودیم. در آن زمان انتظارات من غیرواقعی بودند. تو "تو" بودی و تازه الان این را متوجه می‌شوم. نمی‌توان کسی را به زور تغییر داد مگر اینکه این تغییر به انتخاب و با میل خود شخص باشد و خودش بخواهد که تغییر کند. آدم‌ها تا کاری را با خواسته و رضایت خودشان انجام ندهند خوشحال نخواهند بود و اگر خوشحال نباشند از عهده‌ی پرداخت بهای یک انتخاب تحمیل شده برنمی‌آیند. تو به دنبال چیزهای دیگری بودی و من نمی‌خواستم قبول کنم. به جای به عهده گرفتن مسئولیت احساساتم، تمام تلاشم را کردم تا تو را تغییر دهم...

چند روز پیش جمله‌ای از خورخه لوئیس بورخس۱ را خواندم که خیلی به دلم نشست:

«باید باغ خودت را پرورش دهی به جای اینکه منتظر کسی باشی تا برایت گل بیاورد.»

رایان جانم!

می‌دانم که هیچ شاهزاده‌ی زیبارویی قرار نیست با اسب سپیدش از راه برسد و مرا خوشبخت کند؛ عشق و خوشبختی چیزهایی هستند که باید خودم برای به دست آوردنشان تلاش کنم و این توقع را از هیچ‌کس دیگری نباید داشته باشم. من نباید به دنبال کسی باشم که از لحاظ عاطفی از او پایین ترم.

این نامه را با جملات زیبایی از مارک منسن به پایان می‌رسانم:

«در زندگی به چیزهایی بیشتر از عشق نیاز دارید. عشق عالی‌ست، عشق ضروری‌ست؛ اما عشق کافی نیست.»

---

۱. Jorge Luis Borges: نویسنده، شاعر و ادیب قرن بیستم میلادی

نامه‌ی بیست و هفتم

عشق قدیمی من!

از همان روزی که طعم آغوشت را چشیدم تا همین لحظه که این نامه را برایت می‌نویسم هیچ مردی را لمس نکردم. به هیچ‌کس متعهد نشدم. در خانه‌ی قلبم با تو زندگی کردم و هیچ‌کس را راه ندادم.

باورت می‌شود اگر بگویم هنوز هم بعد از ظهر شنبه‌ها منتظر تماست هستم تا ساعت کلاسمان را هماهنگ کنیم؟! انگار جایی از قلبم همچنان منتظرت است. می‌دانم که رابطه‌ی من با تو ترکیبی از تصاویر و آرزوهایی بود که هیچ ارتباطی به تو نداشت. من چیزهایی را به تو نسبت می‌دادم که دستاورد خودم بودند. همه‌ی این‌ها را می‌دانم اما قبول کردن واقعیت سخت‌تر از آن است که فکرش را می‌کردم.

امروز در فضای مسموم مجازی تو را کنار دختری دیدم که کاملاً شبیه کسی بود که در خوابم دیده بودم. دختری با موهای قهوه‌ای بلند، چشمان مشکی، دندان‌های سفید و مرواریدی، آرایش ملیح...

به نظر من که دختر زیبایی بود. خوشحالم همان کسی را پیدا کرده‌ای که می‌خواستی. کسی که محدودیت‌ها و خط قرمزهای مرا ندارد. تبریک می‌گویم.

فقط چند تا سوال کوچک دارم! یعنی چشم‌های تو برای او هم پر از

معناست؟ او هم تک به تک اجزای صورتت را می‌پرستد؟ برایت شعر می‌گوید؟ عکس دستان هنرمند تو را پس‌زمینه‌ی تلفن همراهش می‌گذارد؟ از فایل‌های صوتی که برایش فرستاده‌ای یک کانال شخصی می‌سازد و هر شب به جای آهنگ گوششان می‌کند؟ صدای تو را از هر مسکن دیگری قوی‌تر می‌داند و با شنیدن موسیقی دلنشین صدایت تب و سردردش را تسکین می‌دهد؟ همیشه کوتاه می‌آید و عذر خواهی می‌کند؟ وقتی مریض می‌شوی آن‌قدر غصه‌ات را می‌خورد تا خودش مریض شود؟ اگر حالش بد باشد اول برای تو دعا می‌کند که خوب باشی؟

این چیزها اصلاً چه اهمیتی دارند؟ آه عزیزم!

شاید نت عشق در محدوده‌ی صدای من نیست. چون هرگاه خواستم آن را بخوانم فالش[۱] بود.

من در این دنیا مالک هیچ‌کس نیستم؛ این را همان‌روزی فهمیدم که کسی که دوستش داشتم ترکم کرد و نتوانستم مانعش شوم. هیچ‌کاری از دستم بر نیامد.

من تنها هستم. حتی در آغوش عزیزترین کسانم.

حس پوچی بار دیگر به سراغم آمده است و بدجور آزارم می‌دهد اما از طرفی حس مسئولیت‌پذیری‌ام به زندگی اجازه نمی‌دهد خودکشی کنم یا به خودم آسیبی بزنم. شاید کمی عجیب باشد که هم خودت را دوست داشته باشی و بدانی مسئول زندگی‌ات هستی، هم هیچ معنای قانع‌کننده‌ای برای ادامه‌ی زندگی‌ات نداشته باشی، اما ته قلبت در جست‌وجوی آن باشی.

عشق عجب حال بدی دارد. مثل حال کسی است که در دو قدمی پیروزی شکست خورده باشد، مثل سقوط از بلندترین پرتگاه جهان، مثل یک آهنگ شاد؛ اما کوتاه.... خیلی کوتاه.

کنار شومینه نشسته‌ام، فروغ را ورق می‌زنم و یکی یکی حرف‌های دلم را میان اشعارش پیدا می‌کنم:

«به خدا در دل و جانم نیست

---

۱. ناکوک

هیچ جز حسرت دیدارش

سوختم از غم و کی باشد

غم من مایه‌ی آزارش

همه شب در دل این بستر

جانم آن گمشده را جوید

زین همه کوشش بی‌حاصل

عقل سرگشته به من گوید

آن کسی را که تو می‌جویی

کی خیال تو به سر دارد

بس کن این ناله وزاری را

بس کن او یار دگر دارد

شمع ای شمع چه می‌خندی؟

به شب تیره خاموشم

به خدا مردم از این حسرت

که چرا نیست در آغوشم»

گفت‌وگوهایی با کودک درونم:

– دلسا دلم براش خیلی تنگ شده. خیلی زیاد. دلتنگ خنده‌های قشنگشم. چشمای مهربونش. دستای گرمش. من نمی‌تونم بهش فکر نکنم. نمی‌تونم کسی رو جز اون دوست داشته باشم.

– دختر قشنگم؛ می‌دونم چقدر دوستش داشتی، ولی چه بخوایم چه نخوایم واقعیت اینه. رایان نیست و الان هم با کس دیگه‌ایه. حتماً اون عکس دو نفره باعث شده که تو اینقدر حالت بد بشه. باید به خودمون زمان بدیم. همه چی درست میشه.

– تا الان چی درست شده دلسا؟ ما تنهاییم. دنیا خیلی بزرگه و ما در برابرش خیلی کوچیکیم. همه‌چیز تموم میشه. ما می‌میریم...رایان هیچ‌وقت برنمی‌گرده.

–فکر می‌کنی اگه رایان برگرده ما نامیرا میشیم؟ تنهایی از بین میره و ما بر جهان فرمانروایی می‌کنیم؟

–دوست دارم اگه قرار باشه روزی هم بمیرم تو آغوش اون باشم؛ این‌جوری دیگه نه تنهام. نه مرگ دردی داره و نه دیگه چیزی ترسناکه!

–تو از تنهایی و مرگ می‌ترسی! چرا تا الان نفهمیده بودم؟! برای همینه که نمی‌تونی با جدایی کنار بیای. شاید اضطراب زیادی که از مرگ داری باعث

شده بیش از حد ترس از طردشدگی داشته باشی، مدام وابسته‌ی دیگران بشی و نگران باشی که از دستشون بدی! شاید فکر کردن به رایان ساز و کار دفاعی تو برای کم کردن اضطراب‌هاته! من نمی‌گم همه‌ی علتش این می‌تونه باشه، ولی حدس می‌زنم بخش زیادی از وسواس‌های فکریت مربوط به اضطراب‌های درونیت میشه!

ـ آره شاید حق با تو باشه. من از مرگ می‌ترسم و این اولین باریه که دارم اعتراف می‌کنم. از فراموش شدن می‌ترسم. از طرد شدن، از تنهایی، جدایی و نیستی می‌ترسم؛ اما وقتی رایان تو زندگیمون بود نمی‌ذاشت به این چیزا فکر کنم. همه‌ی دلواپسی‌هامو فراموش کرده بودم. دلم می‌خواد برگرده تا مجبور نشم با ترس‌هام روبرو بشم. دیگه تحمل این همه درد رو ندارم.

ـ دلسا کوچولو! من از کتاب‌ها یاد گرفتم که آگاهی شرط ورود به مسیر درمانه. به قول ریچل هالیس[۱]: «اولین قدم برای حل یک مشکل اعتراف به داشتن اون مشکله.» تو هیچ‌وقت نگفته بودی از مرگ می‌ترسی. شاید از این به بعد بتونیم ریشه‌ی خیلی از ترس‌ها و مشکلاتمون رو پیدا کنیم و با دید بازتری کاری رو انجام بدیم. اولین گامی که باید برای کاهش اضطراب هامون برداریم اینه که اون‌ها رو بپذیریم و برای اینکه بتونیم به این پذیرش برسیم، باید موهبتشون رو درک کنیم. از این به بعد بیشتر کتاب می‌خونیم و مراقبه می‌کنیم. من اینجا کنارتم و ازت چشم برنمی‌دارم...

---

۱. نویسنده‌ی آمریکایی

نامه‌ی بیست و هشتم

رایان عزیزم!

این نامه را تحت تأثیر گفته‌های روان‌درمان‌گرم و کتاب وقتی نیچه‌گریست[1] می‌نویسم. دوست دارم با نوشتن، آموخته‌های ارزشمندم را ثبت کنم و آن‌ها را به خاطر بسپارم.

اول از همه در ذهنم تمام ترس‌ها و مشکلاتم را به شکل یک غول بزرگ غمگین از وجودم جدا کردم و آن را روی زمین جا گذاشتم و تصور کردم که روی مریخ نشسته‌ام و از آن فاصله‌ی دور به مسائلم نگاه کردم.

در دل جهانی که مدام در حال انبساط است، سیاره‌ای در فضا معلق است که در برابر وسعت کائنات همچون دانه‌ی‌ریزی از یک غبار کوچک است. هشت میلیارد انسان روی آن جنب می‌خورند و هر یک مشغول کاری هستند. یک گوشه از آن هم دختری‌ست که به عشقش نرسیده و حالا خیال می‌کند دنیا به آخر رسیده است.

دیگر خودم را درمانده نمی‌دیدم. آن غول سیاه با تمام عظمت و بزرگی‌اش دیگر به چشم نمی‌آمد و اهمیتش را از دست داده بود.

نیچه درست می‌گفت: «اگر به اندازه‌ی کافی صعود کنیم به ارتفاعی می‌رسیم که در آن مصیبت، دیگر مصیبت‌بار جلوه نمی‌کند.»

---

۱. به قلم روانپزشک و روانکاو وجودگرا و نویسنده‌ی آمریکایی اروین یالوم

رایان عزیزم!

هربار که احساساتم را می‌نویسم به لایه‌های عمیق‌تری از وجودم سفر می‌کنم.

این‌بار آگاه شدم که چقدر از تنهایی و مرگ می‌ترسم! همین آگاهی بار عاطفی سنگینی را از روی دوشم برداشت.

در زندگی روزمره‌مان همیشه جلوه‌هایی از مرگ دیده می‌شود؛ مثل فارغ‌التحصیلی، اخراج شدن از کار، بازنشستگی، مهاجرت، طلاق و تمام شدن یک رابطه‌ی عاطفی. همه‌ی این‌ها به نوعی یادآور مرگ و نیستی در ابعادی کوچک‌تر هستند و به ما یادآوری می‌کنند که زندگی گذرا و فانی است.

جدایی از تو یک شبه‌مرگ بود که مرا به یاد مرگی عظیم‌تر می‌انداخت. اضطراب زیادم از مرگ تبدیل به ترس از دست دادن شده بود و من تمام این سال‌ها متوجهش نبودم.

ما در ساحت ناخودآگاهمان به دنبال ساز و کارهایی دفاعی می‌رویم تا بر اضطراب‌های وجودی‌مان غلبه کنیم! شاید عشق قدرتمندترین آن‌ها باشد.

ما عاشق می‌شویم تا به انزوایمان پایان دهیم؛ زندگی را معنادار بیابیم و با زیستن در قلب یک‌نفر مرگ را انکار کنیم. ما عاشق می‌شویم تا خودمان احساس بهتری داشته باشیم. تا بی‌رحمی دنیا را با فانتزی‌های جذاب دوست داشتن کم‌رنگ کنیم و درد اضطراب‌های وجودی‌مان را تسکین دهیم.

می‌خواستم کنارم باشی و همواره مسیر رسیدن به رویاهایم را نشانم دهی تا با تکیه کردن و سپردن مسئولیت انتخاب‌هایم به تو رنج کمتری بکشم. با تو جنسی از بی‌زمانی را تجربه می‌کردم؛ گویی بر زمان غلبه کرده باشم. عشق تو مرا در برابر مرگ و فراموش شدن پس از مرگ محافظت می‌کرد. حضورت جای تمام آدم‌هایی که نبودند را برایم پر می‌کرد و به تمام کارهای من معنا می‌بخشید.

به تو نیاز داشتم تا دو چشم نظاره‌گر من باشی. زندگی من در برابر چشمان تو معنادار می‌شد. هرکاری که می‌کردم باید نشانت می‌دادم تا حس کنم آن کار را انجام داده‌ام.

این معانی را خودم به تو نسبت داده بودم. تو در قبال ترس‌های وجودی من مسئولیتی نداشتی.

نیچه به برویر می‌گفت، تو به این خاطر که نمی‌خواهی به چیزهای مهم‌تر فکر کنی به برتا می‌اندیشی.

از آنجا که روبرو شدن با مسلمات زندگی اضطراب‌زاست، من هم برای اینکه درگیر این اضطراب نشوم به تو فکر می‌کردم و برای آنکه به تو فکر نکنم سرم را با کارهای مختلف گرم می‌کردم.

ما برای فکر نکردن به مسائل مهم زندگی، فکر و خیال وسواسی پیدا می‌کنیم و برای پرهیز از فکر و خیال‌ها برای خودمان مشغله‌ی زیاد درست می‌کنیم.

همه‌ی ما قاتلیم!

قاتل لحظات ارزشمند اکنونمان. با غرق شدن در خاطرات گذشته و خیال‌پردازی‌های افراطی در مورد آینده، حال با ارزشمان را با دستان خودمان می‌کشیم. شاید با این ساز و کار کمی از اضطرابمان کم شود، اما نه به رایگان. با کشتن لحظاتمان، زندگی نزیسته‌ای خواهیم داشت. اگر خیال کنیم وقت زیادی داریم و بخشی از فرصت‌ها و مسئولیت‌هایمان را به جهان دیگری واگذار کنیم ممکن است حسرت بخوریم و هرچه زندگی نزیسته و حسرت‌های بیشتری داشته باشیم هراسمان از مرگ بیشتر خواهد بود.

سعی می‌کنم خودم را درک کنم. چه کسی است که از نیستی و فراموش شدن هراسی نداشته باشد؟! یک انسان سالم باید از مرگ بترسد تا با آگاهی از آن بتواند اصیل زندگی کند.

به نظرم چیزی در عمق وجود آدم‌ها نهفته است که تمنای جاودانگی دارد و آن‌ها را وادار می‌کند تا بنویسند، بخوانند، بنوازند، اختراع و اکتشاف کنند و به ثبت برسانند. شاید خلق بسیاری از کتاب‌ها، فیلم‌ها، نمایشنامه‌ها، آهنگ‌ها، ترانه‌ها و مجسمه‌هایی که امروز بجا مانده است به خاطر آگاهی از مرگ باشد. این‌گونه به جنگ فراموش‌شدن و پوچی رفتن قابل تحسین است. چقدر خوب است

تلاش کنیم تا قبل از تمام شدن فرصت‌هایمان چیزی را از خود به یادگار بگذاریم.

من عاشق نظریه‌ی جهان تا ابد تکرار نیچه شده‌ام:

«آنچه جاودان است این زندگی و این لحظه است. این لحظه تا ابد خواهد بود و تو به تنهایی، تنها شنونده‌ی خویش هستی. نباید زندگی را با نوید زندگی دیگری در آینده اصلاح کرد یا از بین برد. آنطور زندگی کن که به چنین اندیشه‌ای عشق بورزی.»

نامه‌ی بیست و نهم

رایان عزیز!

دوست دارم از چیزهایی که یادگرفتم برایت بنویسم و احساس خوبم را با تو به اشتراک بگذارم.

این روزها برای آرامش جسم و روحم به مراقبه می‌پردازم تا استرسم کم‌تر شود، تمرکزم بالا برود و بتوانم به حضورم در لحظه آگاه‌تر شوم.

در لحظه بودن همیشه هم به معنای لذت بردن نیست، مهم این است هر احساسی را که در لحظه داریم به خوبی لمس و درک کنیم.

سعی کردم درد دلتنگی‌ام را بدون انکار و تظاهر به مثبت‌اندیشی کاذب، احساس کنم؛ اما با این وجود، چیزهای زیادی را در لحظات اکنونم یافتم که می‌توانستم از آن‌ها لذت ببرم و شکرگزارشان باشم. مثل دیدن فیلم محبوبم به همراه یک فنجان چای و یک برش کیک در کنار خانواده‌ی عزیزم، قدم‌زدن در پارک با مادرم، پختن غذای مورد علاقه‌ی پدرم، توضیح دادن مسائل ریاضی به خواهر کوچک‌ترم، همنوازی با دوستان هنرمندم، گوش دادن به پادکست مورد علاقه‌ام، خواندن کتاب‌هایی که به بهتر شدنم کمک می‌کنند، تماشای غروب آفتاب، دیدن قرص ماه و صورت‌های فلکی زیبا در آسمان شب و خیلی چیزهای دیگر...

سعی کردم توجهم را به دیدنی‌ها، صداها و بوها متمرکز کنم و به بهترین نحو با چشم‌ها، گوش‌ها، پوست، بینی و زبانم لحظه‌ی اکنون را احساس کنم.

ارزشمندترین سرمایه‌ی زندگی‌ام، خود وجودم است. با تکه‌های ناب وجودم می‌توانم چهره‌ی زیبای زندگی را ببینم، صدایش را بشنوم، عطرش را استشمام کنم، طعمش را بچشم و لحظه‌هایش را در آغوش بگیرم.

نمی‌خواهم روزی برسد که حس کنم اصلاً زندگی نکردم. چرا زمان محدودم را صرف نفرت ورزیدن و نشخوار کردن اتفاقات گذشته کنم؟ چرا نباید از آن‌ها درس بگیرم و رهایشان کنم؟ کارهای مهم‌تری برای انجام دادن دارم. نمی‌توانم همه را راضی و خشنود کنم. نمی‌توانم حریف تمام سلیقه‌ها و باورهای دیگران شوم. زمانم در این سیاره محدود است و همه‌ی رویاهایم به مقصد حقیقت نمی‌رسند؛ پس با همین درک، عادت‌ها و اهدافم را به دقت انتخاب می‌کنم و به آن‌ها متعهد می‌شوم.

باید هر روز به خودم یادآوری کنم که زندگی هدیه‌ای ارزشمند است که روزی از من پس گرفته خواهد شد.

زندگی کوتاه‌تر از آن است که منتظر برگشتن و تغییر کردن کسی بمانم!

می‌خواهم وارد رابطه‌ی تازه‌ای با خودم شوم.

با تجسم هدفمند، انرژی‌ام را روی اهداف و آرزوهایم متمرکز می‌کنم و در ذهنم خانه‌ای می‌سازم که «خودِ برترم» قرار است در آن زندگی کند.

قبل از آن باید درس‌هایی را می‌آموختم. اول از همه باید می‌پذیرفتم که همه‌ی آدم‌ها همان‌طور که تنها پا به این سیاره می‌گذارند، تنها هم آن را ترک می‌کنند. با پذیرش آن دیگر برای ماندن کسی باج نمی‌دهم و عزت نفسم را خدشه‌دار نمی‌کنم.

توانایی جدا بودن است که به من حق می‌دهد در روابطم خودم باشم. می‌توانم در صورت لزوم با شخص دیگر مخالفت کنم، بدون ترس از دست دادنش عصبانیتم را ابراز کنم و چیزی را که می‌خواهم تقاضا کنم؛ چراکه خودم را در نیازها و توقعات کسی گم نکرده‌ام.

اروین یالوم می‌گوید: «هیچ رابطه‌ای قادر به از میان برداشتن تنهایی نیست. هر یک از ما در هستی تنهاییم، ولی می‌توانیم در تنهایی یکدیگر شریک شویم.»

او معتقد است که آدم‌ها باید تنهایی وجودیشان را بپذیرند و همین را وجه عشق و دوستی قرار دهند تا بتوانند رابطه‌ای اصیل با یکدیگر داشته باشند.

مسیر زندگی همچون ریل قطاری‌ست که ما را به یک ایستگاه مشترک می‌رساند. درست است که مقصد همه‌ی ما یک جاست اما مسیر هر یک از ما منحصربه‌فرد است. هرکس به تنهایی قطارش را هدایت می‌کند. ما نمی‌توانیم سوار قطار عزیزانمان شویم؛ تنها می‌توانیم نزدیک خطوط هم حرکت کنیم.

نکته‌ی دیگری که باید می‌آموختم روبرو شدن با واقعیت و پذیرفتن آن بود.

از وقتی که درک کردم من در قبال خودم و زندگی‌ام مسئولیت دارم دیگر به خودکشی فکر نکردم. من تنها مالک زندگی خودم هستم؛ با اینکه اختیار شکل‌گیری بخش‌های مختلفی از زندگی‌ام را نداشتم، اما مسئولش هستم. من راننده‌ی قطاری هستم که باید آن را به ایستگاه برساند.

حال تلاش می‌کنم ظرفیت عشق ورزیدنم را زیاد کنم. درست است که نمی‌توانم عشق فرد دیگری را کنترل کنم اما می‌توانم ظرفیت خودم را برای بخشش و دریافت عشق افزایش دهم.

رابطه‌ای که من می‌پسندم، عشق، احترام، مهربانی و اعتماد است، نه یک کشش لحظه‌ای و بی‌ثبات.

عشق یک‌طرفه یک خودآزاری احساسی است. من کسی را می‌خواهم که هر دو با هم روی رابطه سرمایه‌گذاری کنیم؛ نه با رویاپردازی، حین اینکه مهم‌ترین فرد در زندگی هم هستیم، بخشی از زندگی هم باشیم. یکدیگر را محدود نکنیم و فردیتمان را به رسمیت بشناسیم، هر دو به ارزش‌ها و خط قرمزهای هم احترام بگذاریم، توقعات و انتظارات واقع‌بینانه از هم داشته باشیم و همچنین ظرفیت پذیرش و تحمل مشکلاتمان را بالا ببریم و همراه و همدم یکدیگر باشیم.

وقتی با تضاد بزرگی میان واقعیت و فانتزی‌های ذهنی‌ام روبرو شدم درد و رنج زیادی کشیدم؛ اما با تمام سختی‌هایی که داشت بالاخره توانستم درد واقعیت را لمس کنم و دیگر با مسکن‌های ذهنی‌ام خودم را گول نزنم؛ چراکه

درک کردم این مسکن‌های به ظاهر شیرین، فرصت‌ها و عمر باارزشم را هدر می‌دهند.

مارک منسن می‌نویسد: «تحمل ضربه‌ی روحی نیست که شما را قوی‌تر می‌کند، بلکه تلاشی که به دنبال ضربه‌ی روحی به کار می‌بندید به شما قدرت می‌دهد.»

همه‌ی آدم‌هایی که به زندگی‌ام آمدند در تلاش بودند تا به من بفهمانند برای عشق و خوشبختی نباید به رابطه متکی باشم؛ بلکه آن‌ها را باید در درون خودم جست‌وجو کنم، به توانایی‌هایم باور داشته باشم و به اهدافم متعهد شوم.

چای زندگی‌مان چقدر گرم و دلچسب‌تر می‌شد اگر آن را در کنار کسانی که دوستشان داشتیم می‌نوشیدیم؛ اما اگر آن‌ها به هر دلیلی نتوانستند یا نخواستند همراهی‌مان کنند، وظیفه‌ی ماست که آن‌ها را رها کنیم و همچنان خوشبختی، عزت‌نفس و عشق درونمان را حفظ کرده و با اعتماد به‌نفس به حرکت کردن در مسیرمان ادامه دهیم.

می‌توانیم فردی را عمیقاً دوست داشته باشیم بی‌آنکه او را بخواهیم.

اگر کسی را به راستی دوست داشته باشیم، توجه فعالی به زندگی و رشد او خواهیم داشت، جهان برساخته‌اش را محترم می‌شماریم و خواهان خوشبختی‌اش هستیم و اگر او خوشبختی را در کنار ما نمی‌بیند، مسئولیت ماست که از زندگی‌اش برویم و فرصت عشق و دوست داشته شدن را از خود دریغ نکنیم.

انگار تا به تاریکی نرفته باشیم، روشنایی را درک نمی‌کنیم.

من مدیون تمام کسانی هستم که در شرایط سخت ترکم کردند تا به من ثابت کنند خودم برای رسیدن به مقصد خواسته‌هایم کافی هستم.

نامه‌ی سی‌ام

رایان عزیزم!

امشب شب تولدت است. تقریباً یک سال شد که ندیدمت!

منی که فکر می‌کردم یک روز بدون تو خواهم مرد، یک سال دوری‌ات را تحمل کردم؛ زنده ماندم و ادامه دادم.

روزهای سختی را پشت سر گذاشتم. با اینکه حادثه‌ی هولناک رفتنت درد و فشار زیادی را به قلبم تحمیل کرد اما برایم فرصتی را فراهم کرد تا سفری به ابعاد درونی خودم داشته باشم و با خودم روبرو شوم. من نه تنها چیزی را از دست ندادم، بلکه خیلی چیزها به دست آوردم.

آن‌قدر در باتلاق وابستگی فرو رفته بودم که قدرت تکان خوردن نداشتم. بعد از جدایی از تو بود که روحم از اسارت، رهایی یافت و به پرواز در آمد.

وقتی رابطه‌مان پایان یافت، فرصت بی‌نظیری ایجاد شد تا دوباره خودم را بازسازی کنم و مسیر رشد را پیش بگیرم. من به چیزی بهتر از آنچه که تو می‌توانستی به من بدهی دست یافتم؛ تعهد به خودم و رویاهایم!

مرا ببخش! هرگز تو را آن‌طور که بودی ندیدم.

تو در جهانت خواسته‌هایی داشتی که من برآورده کردنشان را در جهان خودم اولویت قرار نداده بودم. هرکدام از ما جهان خودمان را داشتیم.

ما با تفاوت نگرش و سبک زندگیمان قادر به پر کردن تنهاییمان نبودیم. هر دو تجربیات و گذشته‌ی منحصر به‌فردی داشتیم و با ارزش‌های خاص و متفاوتی زندگی کردیم. هیچ‌کدام از ما جای دیگری نبوده که بتوانیم یکدیگر را قضاوت کنیم.

ما باید با هم آشنا می‌شدیم تا به دنیای یکدیگر پی ببریم و هر دو بتوانیم به سوی تقدیر خویش حرکت کنیم. هیچ‌کدام از ما شکست نخورده است.

آشنایی با تو آغاز یک جهان‌بینی تازه بود.

تو نیامده بودی تا معنای زندگی‌ام شوی، تو آمده بودی تا در پیدا کردنش به من کمک کنی.

یک سال مدام در گرداب طردشدگی چرخیدم و چرخیدم تا اینکه توانستم با پذیرش واقعیت و تمام بخش‌های وجودم، بار دیگر بلند شوم و حضور عشق را بیشتر از هر زمان دیگری در زندگی‌ام احساس کنم.

خدا را در درون خودم یافتم و عشقی که به دنبالش بودم را پیدا کردم. هر تکه از عشق وجودم، مرا به کشف دنیای دیگری ترغیب می‌کند و دریچه‌ی تازه‌ای را پیش چشمانم می‌گشاید.

از اینکه بدانم همیشه کاری هست که منتظر من است تا آن را به انجام برسانم به وجد می‌آیم. معنای زندگی‌ام لابه‌لای صدها کتابی‌ست که هنوز نخوانده‌ام. میان واژه‌هایی از یک شعر ناب است که هنوز نسروده‌ام؛ در انبوه سفرهای دور و درازی‌ست که هنوز نرفته‌ام. نهفته در لایه‌های پنهان درونم است که هنوز کشف نکرده‌ام...

من از سهم خودم برای این رابطه بسیار تلاش کردم و دیگر هیچ حسرتی ندارم. به تو گفته بودم که ترجیح می‌دهم از کاری که کرده‌ام پشیمان شوم تا اینکه به خاطر کاری که نکرده‌ام حسرت بخورم. هر نُتی را که در گام دوست داشتنت نواختم دوست می‌دارم و بابت حسی که به تو داشتم اصلاً پشیمان نیستم.

از آشنایی با تو خیلی خوشحالم و اگر زمان به عقب برمی‌گشت از وقوع هیچ اتفاقی جلوگیری نمی‌کردم. باز هم به کافه پدال می‌رفتم و همه‌ی آن

لحظه‌ها و روزها و ماه‌ها را با تو می‌گذراندم تا به جایی برسم که الان در آن حضور دارم. تو بهترین معلم من بودی. بهترین کسی که می‌توانست به من درس قوی بودن بیاموزد.

می‌دانم آدم‌هایی هستند که مشکلاتی بسیار بدتر از مشکل مرا دارند ولی زندگی هر چقدر که سخت و تلخ باشد باز هم ارزش زیستن دارد. در دل تمام زخم‌ها و رنج‌های زندگی‌مان معنایی نهفته است که هرکس خودش باید از دل آن، چیزی را برای رشدش پیدا کند. ویکتور فرانکل می‌گفت: «هیچ‌چیز نیست که بتواند به اندازه‌ی دانستن معنای زندگی به نجات فرد از بدترین شرایط کمک کند.»

ما خالق زندگی خویش هستیم و وجودمان فارغ از هرچه که تاکنون از دست داده‌ایم همچنان باارزش است.

زندگی برای من مثل یک آهنگ زیباست با آکوردهایی شاد و غمگین و تنهایی همچون سکوتی است لابه‌لای نت‌ها. همان‌طور که سکوت، فرصتی است برای درک نت‌های قبلی، جدایی و تنهایی هم می‌تواند به درک معنای زندگی و تعمق کردن در آن کمک کند تا انسان خودِ برترش را پیدا کند و آهنگ زندگی‌اش را با شکوه‌تر بنوازد. هرکس خودش مسئول نواختن آهنگ زندگی‌اش است. شاید میزان‌هایی از این آهنگ به دلخواه او ساخته نشده باشد اما مسئولیت چگونه اجرا کردنش با خودش است. شاید همه‌ی رویدادهایی که برایمان رخ می‌دهد به میل و انتخاب ما نباشد اما همیشه انتخاب نوع مواجهه با رویدادها با خودمان است.

چون کامل نیستم گاهی اشتباه می‌کنم؛ همین‌طور ترس‌های زیادی در زندگی دارم اما همین‌که آن‌ها را پذیرفته‌ام و هر روز گامی به سوی بهبود احساسات منفی‌ام بر می‌دارم خوشحالم. وجودم را دوباره با اهداف، آرزوها، پذیرش حقایق و ظرفیت عشق درونم می‌سازم و در هر موقعیتی که باشم در جهت تبدیل شدن به بهترین خودم تلاش می‌کنم.

روی فعالیت‌های فیزیکی و ذهنی‌ام متمرکز شده‌ام، خاطرات و احساساتم را می‌نویسم، رژیم غذایی سالمی گرفته‌ام، خواب منظمی دارم، هر روزم را

برنامه‌ریزی می‌کنم، هدفمند به تمریناتم ادامه می‌دهم، کتاب می‌خوانم، آشپزی می‌کنم، در دوره‌های مختلف رشد فردی، شعر و موسیقی شرکت می‌کنم و هر روز با افراد تازه‌ای آشنا می‌شوم و چیزهای زیادی را از آن‌ها می‌آموزم. همچنین سعی می‌کنم تا جایی که می‌توانم عادات بدم را حذف کنم و آن‌ها را با عادات خوب جایگزین کنم.

رایان عزیز!

دوست دارم داستانمان را به روش عاطفی خودم بازنویسی کنم. می‌خواهم هدیه‌ای که سال گذشته برایت گرفته بودم را به عنوان قدردانی به تو تقدیم کنم.

هیچ توقع و انتظاری پشت این هدیه‌ی کوچک نیست. من این کار را نمی‌کنم که برگردی؛ این کار را برای آرامش خودم و اینکه راحت‌تر تو را ببخشم انجام می‌دهم.

"بخشیدن" نشانه‌ی قدرت، کمال و زنده ماندن است. هیچ‌چیز و هیچ‌کس نمی‌تواند عشقی که در این هدیه‌ی کوچک وجود دارد را نابود کند.

من عشق را از نیچه آموختم که به برویر گفت: «تنها زمانی‌که فرد بتواند همچون شاهین، بی‌نیاز از حضور دیگری زندگی کند، توانایی عشق ورزیدن خواهد یافت.»

همچنین از وین دایر آموختم که می‌گفت: «عشق یعنی اینکه بتوانیم و بخواهیم آن‌هایی که برایمان مهم هستند آنچه را که می‌خواهند انتخاب کنند بدون اصرار بر اینکه انتخاب آن‌ها رضایت ما را تأمین کند.»

من تو را دوست دارم و به انتخابت احترام می‌گذارم.

تو را دوست دارم به خاطر درس‌های خوبی که به من آموختی، خاطراتی که در ذهنم حک کردی، آهنگ‌هایی که با هم نواختیم و لحظاتی که با هم ثبتشان کردیم.

دوست داشتنت روحم را عریان کرد تا زخم‌هایم را بهتر ببینم. مرا وادار کرد به اعماق درونم سفر کنم. کمک کرد در باورها و رفتارهای گذشته‌ام تجدیدنظر کنم.

تو را می‌بخشم به خاطر خودم؛ چراکه بخشش، آینه‌ی قلبم را از کدورت‌ها پاک می‌کند.

تو را می‌بخشم؛ چون تو هم اضطراب‌ها و زخم‌هایی داری. من مسئول التیام دادنشان نیستم؛ اما از صمیم قلبم از خداوند بزرگ می‌خواهم که قدرت شفای همه‌ی زخم‌هایت را به دست بیاوری و زندگی خوب و مناسب خودت را زندگی کنی؛ بدون آنکه به روحت لطمه‌ای‌زده باشی.

یکی از مهم‌ترین درس‌هایی که باید می‌آموختم این بود که یاد بگیرم رفتن به اندازه‌ی ماندن اهمیت دارد. به اندازه که باشی محبوبی، عزیزی، محترمی. با اصرار که بخواهی بمانی آزار می‌بینی و آزار می‌رسانی. باید رها کرد طناب‌های پوسیده‌ی وابستگی را و هرجا که زمان رفتن فرا رسید بدون اصرار به ماندن، آنجا را ترک کرد.

حسین وحدانی[۱] در کتاب دال دوست داشتن چقدر زیبا می‌نویسد: «آنکه رابطه را با ارزش می‌داند، حسابش را هم خوب نگه می‌دارد. یادم بیاور برایت بنویسم عشق را باید بی‌حساب اندوخت اما با حساب خرج کرد. دوست داشتن حساب و کتاب دارد. دوست داشتن حد و مرز می‌شناسد. حساب و کتابش؟ ظرفیت خودت. حد و مرزش؟ عزت خودت، کرامت خودت، شخصیت خودت. دوست داشتن که نباید تو را بی‌عزت، بی‌کرامت و بی‌شخصیت کند؛ باید؟»

آن‌قدر دوستت داشتم که ببخشمت و هیچ کینه و خشمی نداشته باشم و آن‌قدر هم خودم را دوست دارم که دیگر منتظرت نمانم.

من مسئول حال خوبم هستم و وظیفه دارم از خودم در برابر آسیب‌ها مراقبت کنم. نمی‌خواهم دیگر ناامید شوم.

من واقعیت را با تمام دردی که داشت پذیرفتم و این را هم می‌پذیرم که گاهی عمیقاً دلتنگت می‌شوم، اما هر بار که دلتنگ می‌شوم مسائلی که ما را از هم جدا کرد را به خود یادآوری می‌کنم و دوباره روی کارهایم متمرکز می‌شوم. ترجیح می‌دهم از تو دور باشم و دلتنگت شوم تا اینکه در کنارت احساس

---

۱. نویسنده و روزنامه نگار

دلتنگی بیشتری کنم. وقتی نمی‌توانم دست‌هایت را بفشارم، صورتت را نوازش کنم، بوسه‌ای روی گونه‌هایت بگذارم، از چشم‌هایت بنویسم و عاشقانه‌هایم را با تو قسمت کنم، پس همان بهتر که از تو دور بمانم. گاهی دل‌کندن نوع دیگری از دوست داشتن است. دوستت دارم بی‌آنکه چشم انتظارت باشم. زندگی بدون تو هم برای من در جریان است.

تمام خاطراتمان چه خوب و چه بد در همین نامه‌ها جاودانه شده‌اند، در قلب و ذهنمان نفس می‌کشند و تا ابد تکرار خواهند شد. متأسفم اگر خطی از نامه‌هایم تو را رنجیده‌خاطر کرد. برای آرامش قلب و روحم باید همه‌ی حرف‌هایم را روی کاغذ می‌آوردم.

امشب برایت آرزوهای قشنگی کردم و آن را به ستاره‌ها آویختم تا با وزش اولین نسیم شبانه در دستانت فرود بیایند. یادت نرود امشب دستانت را رو به آسمان بگیری.

یکی از آرزوهایم خواسته‌ی قلبی توست که هر سال شب تولدت آرزویش می‌کنی.

آرزو می‌کنم که آن‌قدر رشد کنیم و در آسمان رویاهایمان اوج بگیریم که هر دو از فاصله‌های دور برای هم دست تکان دهیم.

می‌خواهم خوشحال باشی. همیشه بخند رایان قشنگم.

تو را می‌بخشم به بارش واژه‌ها بر زمین ترانه‌ام.

تو را می‌بخشم به موسیقی آرامش‌بخش باران در فصل دلتنگی‌ام.

تو را می‌بخشم به طنین دل‌انگیز سازم، آن زمان که آهنگ یادت را می‌نوازد. به زمین خوش آمدی هنرمند محبوبم!

دوست قدیمی تو

دلسا

نامه‌ای به خودم

دلسای زیبای من!

ما روزهای سختی را پشت سر گذاشتیم و روزهای سخت‌تری را نیز پیش رو خواهیم داشت.

از تو متشکرم برای تمام لحظاتی که تسلیم نشدی و با شجاعت و پشتکار همراهی‌ام کردی. تو تنها همدم روزهای تاریک و سختم بودی. از دل تاریکی‌ها، نوری را یافتم و با دنبال کردنش به تو رسیدم. فهمیدم تمام این سال‌ها باید به درونم سفر می‌کردم و خیلی چیزها را از دست می‌دادم تا تو را به دست بیاورم. تو را بشناسم و عاشق تو شوم.

خیلی روزها گذشت تا بفهمم عشق حقیقی زندگی‌ام، تنها کسی که مالکش هستم، تنها کسی که می‌تواند مرا به رویاهایم برساند و خوشبختم کند تو هستی.

این جمله از الیف شافاک[1] در کتاب ملت عشق را بسیار دوست دارم که می‌نویسد: «برای همه‌ی ما زندگی رشته‌ای از تولدها و مرگ‌هاست. آغازها و پایان‌ها. برای تولد لحظه‌ای، باید لحظه‌ی پیش از آن بمیرد. همان‌طور که برای زایش منِ جدید، منِ کهنه باید پژمرده و خشک شود.»

عزیزکم! خودت را هیچ‌گاه سرزنش نکن؛ تو در لحظه همانی بوده‌ای که می‌توانستی باشی. تو تمام تلاشت را کردی. دیگر اجازه نمی‌دهم کسی تو را

ناامید کند و آزار دهد. تو موجود ارزشمندی هستی. چه با کسی باشی و چه نباشی. تو را با هیچ‌چیز دیگری در دنیا عوض نمی‌کنم.

من همیشه دوستت خواهم داشت و به داشتنت افتخار می‌کنم.

همراه همیشگی تو

دلسا

کافه پدال هنوز هم برایم کافه‌ای گرم و دوست داشتنی بود. بعد از یک سال که به آنجا رفتم تمام خاطرات قشنگم زنده شدند. چقدر دلم برای دمنوش‌های بهار نارنجش لک زده بود.

رایان از دیدنم خیلی خوشحال شده بود. مات و مبهوت نگاهم می‌کرد و با چشم‌هایش می‌پرسید که اینجا چه می‌کنم. هر چند دقیقه نگاهمان به هم گره می‌خورد. نه به گذشته فکر می‌کردم و نه به آینده. سعی می‌کردم با همه‌ی وجود خود، در آن دم حضور پیدا کنم و تا جایی که می‌توانم از زمان حال لذت ببرم.

—«هنوزم قشنگ ساز می‌زنی.»

—«چطوری دلسا؟ از این طرفا. اینجا چی‌کار می‌کنی؟»

—«یه امانتی پیشم داشتی. اومدم بهت بدم. بهتره خودت براش تصمیم بگیری که می‌خوای باهاش چی‌کار کنی.»

—«این چیه؟.... عه... مرسی عزیزم... مرسی که برام نگهش داشتی.»

—«تولدت مبارک رایان.»

—«واقعاً ممنونم ازت. خیلی لطف کردی.»

—«همیشه می‌خواستم از هم تصویر خوبی داشته باشیم. ماه‌ها از آخرین حرفات حالم بد می‌شد و ناراحت بودم از اینکه از دستت ناراحتم.»

-«ازت معذرت می‌خوام.»

-«با اینکه از قبل بخشیدمت؛ ولی این جمله‌ات برام خیلی ارزش داشت.»

-«باور کن خیلی به یادت بودم. می‌خواستم باهات حرف بزنم. تو خیلی واسم عزیزی. خودتم می‌دونی. اون موقع باید از هم جدا می‌شدیم. نمی‌خواستم بیشتر از این اذیت بشی.»

-«کارت رو تایید نه، ولی درک می‌کنم. رابطه‌ی ما اون روزا خیلی سمی شده بود. باید تموم می‌شد. اشتباه ما این بود که تکلیف رابطمونو زودتر مشخص نکردیم و تو زندگی هم نصف و نیمه بودیم. وگرنه تو آدم بدی نبودی.

توی این یک سالی که ازت دور بودم فهمیدم عشق، وابستگی و خودخواهی نیست. همیشه منتظر بودم تا رابطمون جدی بشه. انرژیمو واسه چیزی گذاشته بودم که وجود خارجی نداشت. اما کم‌کم یاد گرفتم مسئولیت زندگیم رو خودم به عهده بگیرم. وقتی دیدم نمی‌شه تنهاییمون رو با هم قسمت کنیم تصمیم گرفتم به جای اینکه همه‌ی انرژیمو معطوف به یه تصویر و ذهنیت خیالی بکنم، همون انرژی رو بذارم روی رشد شخصیت خودم، روی کارایی که دوست دارم انجامشون بدم و دوباره برای زندگیم معنای تازه‌ای رو خلق کنم و در جهت اون حرکت کنم.»

-«چقدر لحنت تغییر کرده دلسا. تو توی این یک سال خیلی رشد کردی. آفرین. تحسینت می‌کنم. امیدوارم منم تأثیر مثبتی روی رشدت گذاشته باشم. چه درسی و چه غیر درسی.»

-«قطعاً گذاشتی.»

-«دلسا! خیلی چیزا عوض شده. یک ماه با بیماری سختی دست و پنجه نرم کردم و فکر می‌کردم که دیگه کارم تمومه. زندگیم بامعناتر شده. دیگه به خودم سخت نمی‌گیرم. می‌خوام بهتر زندگی کنم.»

-«خدا رو شکر که الان خوبی. خیلی برات خوشحالم که به این نتیجه رسیدی.»

-«الان زندگیم یه سری تغییراتی کرده که فکر می‌کنم می‌تونیم با هم باشیم...»

-«ولی من این فکر رو نمی‌کنم، چون الان برای من چیزای دیگه‌ای در اولویته و هدفم اینه که از ایران برم.»

-«واقعاً می‌خوای بری؟ اگه من ازت بخوام که بمونی چی؟ می‌دونی که من اینجا راحت ترم. خانوادم، کارم، همه‌چیزم اینجاست. برام خیلی سخته که دوباره بخوام از صفر شروع کنم.»

-«من تصمیمم رو گرفتم رایان، هیچ‌کس نمی‌تونه منصرفم کنه. اگه اون آدم خودخواه قبل بودم الان اصرار می‌کردم که با من بیای، ولی چون راحتی و خوشحالیت برام مهمه اجازه می‌دم چیزی رو انتخاب کنی که دوست داری. امیدوارم زندگیت در جهت تبدیل شدن به بهترینِ خودت تغییر کرده باشه. از خدا می‌خوام بهترین‌ها رو در مسیر زندگیت قرار بده.»

-«اگه تا الان شک و تردید داشتم، الان دیگه مطمئن شدم که جدایی به صلاح هر دومون بوده. حالا که می‌خوای بری پس دیگه نمی‌شه حتی به رابطمون فکر کرد. اما اینو بدون که من همیشه دوستت داشتم و هیچ‌وقت نمی‌خواستم بهت آسیبی بزنم. امیدوارم به چیزی که می‌خوای برسی. به امید دیدارت.»

-«رایان! این سی‌امین دیدارمونه و من بابت امروز و این لحظه خیلی خوشحالم. ازت ممنونم. به خاطر همه‌چیز. به امید دیدار.»

-«دوستت دارم.»

-«منم دوستت دارم...»

شیرینی قدم‌هایمان در آن کوچه‌ی تاریک کنار کافه، تلخی آخرین خاطره را از ذهنم زدود.

تصویر رفتنش در قاب چشم‌هایم تار شده بود. برویر هم وقتی فهمید باید از برتا چشم بپوشد گریست. به قول او چشم‌پوشی از آن تصویر، از آن جادو، بسیار سخت بود.

از آن روز به بعد هرگز همدیگر را ندیدیم. هرچه که بود چه تلخ و چه شیرین گذشت. فکر نمی‌کنم دیگر به این نامه‌ها احتیاجی داشته باشم. باید تا می‌توانم بارم را از گذشته سبک کنم تا جا برای چیزهای مهم‌تر باقی بماند. امشب همه‌ی این نامه‌ها را می‌سوزانم و با هنرمند محبوبم وداع می‌کنم. این رابطه درس‌های ارزشمندی را به من آموخت که هرگز فراموششان نخواهم کرد.

من چه خوشحال باشم چه ناراحت، زمین به گردش خودش ادامه می‌دهد، خورشید طلوع می‌کند، ماه کامل می‌شود، گل‌ها می‌رویند، شکوفه‌ها میوه می‌شوند، ساعت جهانی از کار نمی‌افتد، آسفالت هیچ خیابانی به خاطر اشک‌های من ترک برنمی‌دارد، دنیا بی‌تفاوت به حال من به کارش می‌رسد. تنها کسی که می‌تواند ناجی و حامی‌ام باشد خودم هستم.

درست است که خیلی کوچکم، اما در جهان خودم معانی ریز و درشت بی‌شماری دارم که با زندگی کردن در لحظه می‌توانم پیدایشان کنم.

من آن‌قدر خوش‌شانس بودم که در کالبد یک انسان پا به این سیاره گذاشتم تا بیشترین استفاده را از سفر زندگی ببرم. تا بتوانم از نفس کشیدن و خوردن و آشامیدن و خوابیدن و سفر کردن لذت ببرم، احساس کنم، عاشق شوم، ببخشم، انتخاب کنم، آرزوها و اهدافی داشته باشم، بخوانم، بنویسم، بنوازم و خلق کنم.

خوشحالم که پایان بیست و چهار سالگی‌ام را می‌بینم. امشب آرزو می‌کنم گام‌های محکم‌تری به سمت رویاهایم بردارم. خوشحال‌تر و قوی‌تر از قبل باشم و بتوانم به دیگران کمک کنم.

در این جهان لایتناهی احتمال به دنیا آمدنم خیلی ناچیز بود؛ اما این فرصت کم‌نظیر به من داده شد. درست است که از هستی، زندگی را وام گرفتم و روزی هم باید آن را با مرگ پس دهم اما این وام ارزشمند به هر کسی داده نمی‌شود. هرچیزی بهایی دارد. من هم در قبال لطف زیادی که شامل حالم شده بهای انسان شدنم را با فائق آمدن بر رنج‌هایم می‌پردازم. من با خوب زندگی کردن به هستی ثابت می‌کنم که لیاقت متولد شدن و زیستن را داشتم و از زمان محدودی که به من داده شده نهایت استفاده را می‌برم و قدرش را می‌دانم.

به خاطر معشوقی که به او با تمام وجودم عشق ورزیدم، قهرمانانه رنج و عذاب‌هایش را متحمل شدم و روزهای سخت را پشت سر گذاشتم احساس غرور می‌کنم.

زندگی من سفر باشکوه عشق، در مسیر یادگیری و رشد است و این سفر تا زمانی‌که زنده هستم ادامه دارد.

من مشتاقاته در انتظار ملاقات با افراد تازه هستم. من آماده‌ی دوباره عشق ورزیدنم. می‌خواهم تا می‌توانم عشق درونم را به بیرون دعوت کنم و از چیزی نترسم؛ چراکه هنوز نفس می‌کشم.

تولدم مبارک...

این کتاب به زبان انگلیسی هم ترجمه شده و در سراسر دنیا منتشر شده است.

برای تهیه کتاب انگلیسی می‌توانید بار کد زیر را اسکن کنید:

کتابهایی که خواندن آنها مطمئناً به شما لذت می‌دهد.

برای تهیه کتابهای بیشتر از بار کد زیر را اسکن کنید

Farsibook.ca